はぐれ同心　闇裁き7

喜安幸夫

時代小説

二見時代小説文庫

目次

口封じ――はぐれ同心 闇裁き7

一　隠密同心

一

いつもより人出は多かった。

　というより、

「これで終わりかい。普段にちょいと色をつけただけじゃねえか」

「いいじゃないの。あたしのほうは大入りだったけど」

　神明宮《しんめいぐう》の石段を下りながら、祭りの半纏《はんてん》をつけた左源太《さげんた》が不満そうに言ったのへ、前掛こそはずしているが仲居姿におなじ半纏のお甲《こう》が、複雑そうな顔で応《こた》えた。

　本来なら、神明町はむろん隣接する増上寺門前の大通りまで、数日は狂わんばかりのにぎわいになるが、今年は違った。今年はと言うより、今年もと言ったほうが当たっていようか。

毎年長月《ながつき》（九月）の十一日から二十一日まで十一日間もつづく、別名をダラダラ祭りといった神明宮の例大祭だ。

例年なら、神馬《しんめ》を先頭にお羽車《はぐるま》の巡行があり、威儀物を捧持《ほうじ》する氏子《うじこ》衆に御旗講《みはたこう》や御榊講《おさかきこう》の行列が町内から街道へと練り歩き、神明町の通りなどは夜明けから日暮れてもなお参詣人の波が絶えない。

ところが天明八年（一七八八）のダラダラ最後の日、天候に恵まれたというのに、神明宮境内への石段を上り下りする参詣人は、普段の日よりすこし多いかといった程度で、肩と肩が触れあって足を踏みはずしそうになることもない。

お羽車の巡行は今年もあったが、

「これじゃ祭神の天照大神《あまてらすおおみのかみ》さまに申しわけが立たねえや」

と、去年につづき町中が嘆息するほど質素なものだった。

去年は夏に松平定信《まつだいらさだのぶ》が老中首座につき、

「――質素倹約を令して驕奢《きょうしゃ》を禁じ、もって士民の風俗を改め……」

などと言い出したものだから、ようす見ということで自粛し〝質素〟に抑《おさ》えたのだが、今年はさらに自粛しなければならなかった。

江戸市中に噂《うわさ》がながれていた。

「――老中さまは率先して実行されているそうな」

「――そうそう。朝は一汁一菜《いちじゅういっさい》で昼と晩だけ一汁二菜。袴《はかま》も羽織も裃《かみしも》も、みんな木綿《もめん》だって」

だから武家も町家も恐々《きょうきょう》となり、それが祭りにも諸《もろ》にあらわれたのだ。

「せめて最後の日くらいは……」

午前《ひるまえ》から境内のようすを見に出かけ、

「あゝ、やっぱり」

と、小仏《こぼとけ》の左源太と峠《とうげ》のお甲は拝殿の前で溜息をつき、いま石段を下りている。二人とも二つ名をとっているが、いまは遊び人ではない。だが、その真似はしている。とくにお甲などは、江戸はむろん関東一円の貸元《かしもと》衆から、一度は自分の仕切る盆茣蓙《ぼんござ》に招きたい女壺振りとして、垂涎《すいぜん》の的になっている。

そのお甲が、質素な祭りのなかに〝あたしのほうは大入りだった〟などと言った。神明町を仕切る大松《だいまつ》一家の賭場《とば》は、お甲の言葉どおり連日〝大入り〟だったのだ。

おもてが萎《しお》れていたなら、裏が繁盛する。

「それが抑《おさ》えられねえ人の性《さが》っていうものだぜ」

石段を下りながら二人にふり返って言ったのは、髷《まげ》は粋《いき》な小銀杏《こいちょう》に着ながしで黒羽織をつけた、どこから見ても町奉行所の同心と分かる鬼頭龍之助《きとうたつのすけ》だった。左源太とお甲は、ただぶらりと境内のようすを見に行ったのではない。定町廻《じょうまちまわ》りのお供だった。二人とも、龍之助の目となり耳となる岡っ引だった。つまり龍之助は、そうした二人を岡っ引にしている。神明宮名物の千木筥《ちぎばこ》と呼ばれる、白木で作った小判型の割籠《わりご》の薄板削りをおもての生業《なりわい》としている左源太はともかく、男であれ女であれ賭場の壺振りなど、松平定信のご時勢でなくともまっさきに引っくくらなければならない相手だ。それを岡っ引に……奉行所の同輩が知れば、目を剝いて驚くかあきれるかのどちらかだろう。

「俺はもうこのまま奉行所に帰《けえ》るぜ。きょう一日、あとはもう大松《だいまつ》の連中に任せるから、貸元の弥五郎《やごろう》にそう言っておいてくれ」

町の治安を表舞台でも土地の貸元に任せると放言するなど、他の同心にはできない龍之助ならではの芸当だ。龍之助もそれを意識し、割籠職人の左源太が龍之助の岡っ引であることは神明町の住人なら誰でも知っているが、壺振りのお甲までがそうだと知っているのは、大松一家の者たちだけである。

そのお甲がいま、左源太と一緒に龍之助のお供についている。

「祭りだ。まあ、それもいいじゃないか」

神明町の住人なら言うだろう。それほどにお甲は若くて美形なのだ。綺麗な仲居がちょいと同心の旦那についているとぐらいにしか思わないだろう。

石段の中ほどで、振り返った龍之助が前に向きなおったときだった。

「おっと」

雪駄《せった》の足を一段踏みはずして身の均衡を崩した。そのまま石段をころげ落ちるような龍之助ではない。腰を落とし、すぐに均衡を取り戻した。

だが、すぐ近くを上っていた武家娘が均衡を崩した龍之助を避けようとしたか、それとも動きにつられたか、

「あぁぁ」

石段にかけた草履《ぞうり》をすべらせ、このほうがそれこそ均衡を崩しころげ落ちそうになった。

「まあっ」

「おっ」

お甲が素早く龍之助の横をすり抜けるように三段ほど飛び降り武家娘の身を支え、左源太も娘のすぐ横に飛び降りていた。二人にはそれができる。とくに軽業師上がり

のお甲の動きは速かった。

「あ、ありがとうございます！」

娘は身を持ちなおし、一緒にいたのは母親であろう、いかにも武家の内儀といった風情の女が、切羽詰った声で祭りの半纏をつけた町娘に礼の言葉を投げた。

「おっ」

龍之助は緊張した。母娘の五段ほど下に、町人髷で着物を尻端折《しりはしょり》に挟箱《はさみばこ》を担いだ男が、落ちてくれれば受けとめようと身構え、お甲が飛び降り支えたのを見るなり、龍之助の目から逃れるように顔を下にそむけた。その所作がかえって龍之助の気を引き、

(飯岡《いいおか》どの！)

担いだ挟箱の中味も同時に覚《さと》った。

武家の母娘《おやこ》に随《したが》う中間《ちゅうげん》を扮《こしら》えているが、この飯岡市兵衛《いちべえ》……南町奉行所の歴とした隠密同心なのだ。龍之助は北町奉行所の定町廻り同心だが、どちらも組屋敷が八丁堀であり、互いに顔は見知っている。

それに、この母娘も知っている。市兵衛の内儀とその娘なのだ。由紀《ゆき》といい、今年十八歳になる。お甲ほどではないが目鼻がととのい、八丁堀では独り身《ひとみ》の若い同心た

ちのあいだでけっこう評判なのだ。龍之助も独り身で、道で出会えば互いに挨拶は交わしていた。

龍之助が気づくよりも早く由紀のほうから、

「あっ、鬼頭さま！」

「由紀どの」

龍之助は応じ、内儀はハッとした表情で龍之助に目礼し、由紀の袖《そで》を引いた。

「は、はい」

由紀は名残り惜しそうに龍之助を見つめ、母親とともに石段をふたたび上りはじめた。

「えっ、旦那。知っているお人だったのですかい」

「いや、まあ。さあ、帰るぞ」

由紀の横に飛び降りていた左源太に龍之助は返し、

「さあ、お甲もだ」

「えぇ？」

龍之助と武家の母娘との奇妙な所作にお甲は首をかしげ、

「あ、旦那。待って」

石段を下りはじめた龍之助につづいた。

「どうなってんだ」

左源太も武家の母娘を見つめ、お甲と肩をならべた。

龍之助は中間姿の飯岡市兵衛とすれ違ったが、互いに知らぬ風を装った。

「ふり向くな」

龍之助は顔だけわずかにふり返らせた。

左源太とお甲は不思議そうに顔を見合わせ、石段を下りる龍之助に随《したが》った。

不思議はそれだけではなかった。

鳥居の下まで降りると、

「おう、伊三次《いさんじ》。おめえも見まわりかい」

「おっ、伊三兄《いさあに》イ」

大松一家の代貸《だいがし》の伊三次が、若い衆を二人連れていた。さっきから石段でのようすを見ていたようだ。

「旦那。やはり、……のようでやすね。のちほど」

言うと、石段を上りはじめた。

「なんでえ、伊三兄《いさあに》イは」

「どうなっているの」

左源太は石段を上る伊三次と若い衆二人の背にふり返り、お甲も解せぬ顔つきでそれにつづいた。

「おう。行くぞ」

そのような二人を、龍之助はうながした。

二

石段下の鳥居《とりい》のすぐ近くに〝割烹《かっぽう》　紅亭《べにてい》　氏子中〟の幟《のぼり》が出ている。神明町の一等地で、玄関口も町内で一番の風格を備えている。

「おう。そこでちょいと」

「だったらあたしの部屋で」

割烹紅亭の前で龍之助が言ったのへ、お甲が小娘のように嬉しそうに言った。お甲はおもて向き、この割烹紅亭の仲居をしている。いま着ている着物も帯も、紅亭のお仕着《しき》せだ。

そこを世話したのが大松の弥五郎だった。いましがた石段ですれ違った中間姿の飯岡市兵衛が南町奉行所の隠密同心なら、お甲は龍之助の隠密岡っ引ということになろうか。

大松の弥五郎も、お甲が二十代のなかばとまだ若いにもかかわらず、関東一円に名の知られた女壺振りで、しかも同心の龍之助から頼まれたとあっては二つ返事で応じたものである。

だからお甲は割烹紅亭では奥に一人部屋を与えられ、仲居の仕事も店が忙しいときというよりも、お甲に暇があるときだけ手伝うといった、自儘《じまま》な立場にある。そうでなければ、龍之助の隠密岡っ引も大松一家の賭場での壺振りもできない。

例大祭にしては人出が寂しいとはいえ、やはり祭りとなれば神明町の料理屋も茶店も忙しく、稼ぎ時である。それでもお甲が、

「――ちょいと八丁堀の旦那と……」

と、仲居姿のまま店を出られるのは、松平定信のおかげで、日切りで人を雇ってもなおかつ猫の手も借りたいほどの忙しさではなかったからであろう。

「ええ、兄イ。帰るんじゃなかったので？」

「おめえ、さっきのことが気にならねえのかい」

「へえ。そりゃあ、ちょいと」

左源太は得心したように言う。その左源太もまた、おもて向きはこの町に住んで、

「――左の二の腕にちょいと黒い線が入っているが、まともな仕事を……」

龍之助が弥五郎に頼み、入墨者《いれずみもの》の左源太が堅気《かたぎ》のように町内の長屋に住み、手先の器用さを生かし、割籠の薄板削りの仕事をするようになったのだ。

薄板削りといっても、小判型に曲げる細工物でけっこう技《わざ》がいる。それに物が小さいから、長屋の一部屋で鑿《のみ》一丁あればできる。薄板の曲師《まげし》から、

「――左源太さんの仕事は確実で、うまく曲げやすい」

と、評判も上々だった。

その割籠の千木筥が例大祭では飛ぶように売れ、幾月も前から作り溜めをするが、それでも祭りの途中で底がつき、削師《けずりし》や曲師が祭りの最中に夜っぴて仕事をし、なんとか間に合わせることもある。それが今年は去年以上に人出が少なく、しかも最後の日となれば、自分たちも祭りを堪能する余裕ができていた。

「へっへっへ。あっしもさっきの、どうも気になりまさあ。それに伊三の兄イ、ありゃあなんでえ。解《げ》せねえぜ」

「さあさあ、左源《さげん》の兄《あに》さん。そうと決まれば、あたしの部屋なら空いているから」

「ケッ。せっかく紅亭に上がってもおめえの部屋じゃ気分台無しだぜ」

お甲が言ったのへ、左源太は悪態をつきながら割烹紅亭の暖簾をくぐった。

「あれー、鬼頭さま」

と、龍之助が顔を出すと、女将《おかみ》が走り出てきて下にも置かない迎え方をする。

「申しわけありません。いま、どの部屋もふさがっておりまして」

「いいんだ、いいんだ。ちょいと御用の話があってお甲の部屋に邪魔するぞ。あとで大松の若いのが来ると思うが、来たらすぐお甲の部屋に通してくれ」

「はい。畏《かしこ》まりました」

「そういうことなんです。ごめんなさいね、忙しいところを」

龍之助の気さくなところが、紅亭だけではなく町全体で評判がいい。女将はますます恐縮し、

「さあ、こちらへ」

と、お甲が廊下で先に立つ。

お座敷を過ぎた奥の六畳の間が、お甲の部屋になっている。仲居一人に六畳の間とは異例だ。だが、ここがきょうもそうだが同心の龍之助と岡っ引二人、ときには大松の弥五郎や伊三次らも加わって談合の場ともなる。

「昼の膳も用意しますから、いまはお茶だけで」

と、お甲がすぐ自分でお茶の盆を運んできた。

「兄イ。さっきの、いってえなんなんでえ」

三人は部屋に入れば上下《よ》のない三《み》つ鼎《がなえ》に座り、左源太など外では龍之助を言いにくそうに〝旦那〟などと称んでいるが、お甲との三人になったときは、以前の交わりから〝龍兄《たつあに》イ〟とか、単に〝兄イ〟などと呼んでいる。お甲はちょいと鼻にかかった甘え声で〝龍之助さまア〟などと言っている。そのほうが、お互いに話しやすいのだ。

「気がつかなかったかい。あの武家の母娘についていた中間よ」

「あっ。そういやあいやしたねえ、そんなのが」

「いたいた。あたしも気がついた」

「ありゃあなあ、あの母娘の父親で、飯岡市兵衛という南町の隠密同心だぜ」

「えぇぇ！」

「それがなんで中間!?」

お甲と左源太は同時に声を上げた。

龍之助は北町で、南町に親しい者はいないが、顔は互いに知っている。娘の由紀もそうだが、往還で出会えば挨拶を交わす程度だ。

それがそそくさと、不自然なすれ違い方をした。

「つまりだ。向こうさんは仕事中だったってことさ。あの挟箱の中にゃ、十手に捕縄に御用提灯に脇差、呼子《よぶこ》など、捕物の七つ道具が入《へえ》っているって寸法だ」

「分からねえ。龍兄ィは神明町に南の隠密が入ってるってこと、北の奉行所で聞いていなかったのかい」

龍之助にとっても左源太にとっても、東海道の新橋付近から田町《たまち》のあたりまでが縄張なのだ。その拠点が神明町ということになる。

「聞いちゃいねえ。だから俺も驚いたのさ。向こうもあんなかたちで俺とばったりなんざ、予想もしなかったろうよ。そんな顔をしてやがった」

「それにさ、伊三次さんが、ありゃあきっとその、飯岡市兵衛さんですか、隠密同心は。それを尾《つ》けていたのよ。そんな気がした」

「そうだったのかい。だから伊三兄ィ、俺たちに知らんぷりして石段を上って行ったってわけかい」

「そういうことになるなあ。だが、なんで代貸の伊三次が若いのを二人も連れて飯岡のあとを尾けていたかだ」

「あっ。さっき龍之助さま、女将さんに大松の若いのが来るって言っていたの、そのことだったの？」

「そういうことだ。伊三次だって尾けていた相手と俺たちが、石段であんな会い方をするなんざ予想外だったろうからなあ」

「そうね。でも伊三次さんたち、あの中間が南町の隠密同心と知って尾けていたのかしら」

「そりゃあ分からねえ。母娘のほうかもしれねえ。ともかく伊三次はきっとここへ来るはずだ」

いずれの門前町でも、治安は土地の貸元たちが体を張って護《まも》っており、奉行所の役人が入ればかえって騒ぎになる。北も南も町奉行所にとって寺社門前は鬼門で、どの同心たちも定町廻りの範囲に持ちたがらない。そこへ龍之助は神明宮の門前に拠点を置き、岡っ引を二人も、土地《ところ》を仕切る大松の弥五郎に便宜を図らせているのだから、特異というほかはない。北町の同僚でも、龍之助がそこまで町に喰い込んでいるとは気づいていない。現場を見れば仰天するだろう。

「そろそろ中食《ちゅうじき》時分ねえ。膳の用意、しましょうか」

お甲が言って腰を浮かせかけたところへ、

「へい。伊三次でございます。開けてよござんすかい」

「おう、待っていたぞ。入れ」

襖《ふすま》の向こうから聞こえた声に、龍之助は返した。

「ちょうどよかった。膳は四人分ね。ちょいと板さんに言ってくる」

お甲は席をはずした。

「伊三次。おめえ、きょうはただの地まわりじゃなかっただろう」

「いえ。最初はただの地まわりでさあ」

伊三次は返した。祭礼のとき、参詣人は善男善女ばかりとは限らない。酔っ払って喧嘩をする者、万引きをする者、娘にいたずらをして悲鳴を上げられる者、さらに巾着切りも出る。それらが出れば素早く駈けつけ、捕まえるべきは捕まえ、痛めつけて町から放り出し、騒ぎになる前に収めてしまう。

祭礼の町で騒ぎが大きくなれば、それは土地の貸元の不手際となり、周辺の町の貸元たちが縄張を奪おうと動き出す。どこの貸元も、土地の平穏は体を張って護らなければならないのだ。そのために、若い者が祭りのあいだ、ずっと町を巡回し、それを役人の見まわりと区別をつけ〝地まわり〟といっている。

きょうも最初はそれだった。

「ところが若いのがすっ飛んで来やして、たまたま面が割れている南町の隠密が中間姿で、神明町の通りに入って来たって言いやすもんで」

どこの寺社門前の貸元も、役人が縄張に入るのを極度に嫌い、警戒する。神明町でも龍之助以外の同心が入ろうものなら、たちどころに若い衆に取巻かれ、

「——へへ、旦那。なにか御用ですかい。探索なら合力《ごうりき》いたしやすぜ」

と、態《てい》よく追い払われることになる。それでも強引に町を見まわろうとすれば、生きてその町から出られなくなるのも珍しいことではない。

だが、隠密同心となればちょいと厄介だ。定町廻りの黒羽織と異なり、なにに化けているか分からない。だから日ごろから、若い衆が隠密同心の顔を一人一人覚えているのだ。きょうも大松一家の若い衆に〝飯岡市兵衛〟の名までは知らなくとも、顔を知っている者がいたのだ。隠密に町を探られたなら、ご法度《はっと》の賭場《とば》や色街はたちどころに挙げられてしまう。

「こいつは大変《てえへん》だとあとを尾けやすと、なんと石段のところで旦那と左源太さんとお甲さんが」

「はい。四人分、頼んでおきましたから。ころ合いをみてまたあたしが取りに行きますから」

お甲が戻ってきた。

話はすでに佳境《かきよう》へ入っている。

「そうかい。おめえの目は確かだぜ。前を歩いていた母娘なあ……」

龍之助の話に、

「えぇえ！」

伊三次は声を上げ、

「だったらあの隠密、てめえの女房と娘を餌《えさ》にして神明町に入《へえ》って来たってことですかい。そりゃあただ事じゃござんせんや」

「そうさ。で、飯岡市兵衛は神明宮の境内へ上がってからどうしたい」

「それでございまさあ。ありゃあ、ただの隠密廻りじゃござんせんぜ。恰幅のいいお店《たな》の旦那風の男を尾《つ》けてやがるんでさあ。その旦那風は手代のような若いのを二人連れていやしたが、そいつら二人ともどう見たって堅気《かたぎ》じゃねえ」

「ほお、それでどうした」

部屋には緊張がただよいはじめた。

伊三次はつづけた。

「お店の旦那風と手代風二人は、神明さんに参拝をしやすと、また石段を下り、増上寺門前のほうへ足を進め、本門前一丁目の花霞《はながすみ》に入りやした」

それなら龍之助も知っている。神明町で一番の格式が割烹紅亭なら、増上寺門前なら大門《だいもん》のすぐ近くに暖簾を張っている花霞ということになる。

ご新造と娘の由紀はその花霞に上がり、紺看板に梵天帯の飯岡市兵衛は玄関の外で待つ態勢に入ったという。紅亭にはないが、花霞ともなれば外で待つお供のために、玄関横へ縁台を置き、お茶や簡単な食べ物も出している。

そこに座れば、

「花霞に出入りする客の面《つら》を確認できるって寸法だな」

「つまり、そういうことらしいので」

龍之助が言ったのへ、伊三次は返した。

いま若い衆がその中間を見張っていて、時間がかかりそうなので、

「旦那はきっとここにいなさろうと思い、ともかくお知らせにと走って戻ったしだいでさあ」

「ふむ。よく気を利かせてくれた。こいつはちょいと弥五郎の顔が必要だ。そう言っておいてくれ。俺はいまから北町奉行所に戻り、南町の動きを知っている者がいねえか訊《き》いてみる。きょうは無理かもしれねえ。あした朝のうちにまたここへ来るぜ」

龍之助は伊三次に言付《ことづ》け、

「どうやら今宵も賭場を開帳してもよさそうだ。飯岡の市兵衛さんは神明町を探りに来たのじゃなく、もっと得体の分からねえ別口を追っているようだからなあ」

「よかったあ。あたしゃ隠密に踏み込まれるんじゃないかと心配しましたよ」

「あはは。そんなこと、俺がさせるかい」

言いながら龍之助は腰を浮かせ、伊三次も、

「あっしは弥五郎親分にこのことを話し、もう一度ようすを見に行ってきまさあ」

つづいて腰を上げようとしたのへ、

「ちょっと待ってくださいよ。膳がもうできているころですから」

「そうですぜ。花霞のほうだって、いまごろ喰ってやがるんでがしょ。伊三兄イがここで腹ごしらえをする余裕はありまさあ。あっしも一緒に行きやすぜ」

お甲が引きとめたのへ左源太がつなぎ、一緒に膳を取りに行った。

貸元の弥五郎は祭りのあいだ、町役たちとのつき合いや近辺の貸元の接待と、連日忙しい日がつづいている。それもきょうで終わる。だが、その終わりと同時に、得体の知れない事件が神明町と増上寺門前にころがり込んで来たようだ。

膳が空になり、伊三次と左源太が増上寺門前の本門前一丁目に急ぎ、奉行所に戻る龍之助をお甲は玄関まで見送った。やはり女か、龍之助が気づかなかったことまでお

甲は気づいていた。

「あの隠密同心のお嬢さん、由紀さんですか？　あれを機会になにやら龍之助さまとお話がしたいような顔で、母上さんに袖を引かれたとき、名残り惜しそうな、残念そうな顔をしていましたよ」

「ほう、そうかい。そいつは気づかなかったなあ」

「ほう、そうかいじゃありませんよ、龍之助さまア。なんなんですか？　八丁堀でいつも会っているお人なんですか？」

お甲は龍之助の腕をつかまえていた。

「そりゃあ道で会うこともときにはあらあ。さあ、帰《けえ》るぞ」

「んもお」

こんどはお甲の方が、名残惜しそうに龍之助の腕から手を離した。

三

龍之助にとって、きょうはそれだけでは済まなかった。普段なら小銀杏に黒羽織で雪駄にシャーッ、シャーッと音を立てながら歩いていると、

「旦那。ご苦労さまです」

「きょうはどちらをお廻りで」

往来のあちこちから声がかかる。

ところが今年の祭りは人出がちょいとといっても祭りは祭りだ。

(なんでえ、野暮な格好で出てきやがって)

口には出さないが視線を感じる。粋な小銀杏でも、祭りに役人など無粋で目障り以外のなにものでもない。それでもわざとぶつかったり足をかけられたりしないのは、その同心がかつて無頼仲間の龍之助だからであろう。

鳥居から街道まで一丁半(およそ百五十米《メートル》)ほどある神明町の通りを抜け、街道に出たところで、

「あっ、鬼頭さま！　ちょうどよございました」

駆け寄ってきたお店者風体《たなものふうてい》がいた。面長な顔に金壺眼《かなつぼまなこ》の四十がらみの男は、お店者風体というよりお店者そのもので、神明町の東隣の宇田川町《うだがわちょう》に献残屋《けんざんや》の暖簾を張る甲州屋右左次郎《うさじろう》だった。小僧を一人連れ、急ぎ足で宇田川町から来たようだ。

「これは甲州屋さん。えっ、私を找《さが》しに？」

「はい。きょうは神明さんの最後の日ですから、たぶんこちらに出張っていらっしゃ

ると思い。ここで会え、よございました」

甲州屋右左次郎はホッとした表情になっている。路上で会うとは、わずかの差で行き違いになるところだった。二人は町駕籠や荷馬、大八車に神明宮への参詣人らが行き交う街道に立ったまま話している。

「で、私にご用とは、松平さまのことですか。また加勢《かせ》どのから急な用でも？」

〝松平さま〟とは、老中首座の松平定信のことで、甲州屋はその松平家の献残物の御用達商人となっている。

大名家が将軍家に献上した品の残りを献残物といい、それの買い取りと二次利用の仲介を取り、自然、大名家や高禄旗本の内情に通じる立場にある。町奉行所の与力や同心なども町家から持ち込まれる贈答品が多く、それらを買い取って換金しているのも献残屋の商いの一つで、八丁堀で甲州屋の世話になっている屋敷も少なくない。

鬼頭家もそうだが、甲州屋に盗賊が押し入ろうとしたのを防いだことから、右左次郎は龍之助に全幅の信頼を置いている。そればかりではない。いまをときめく松平家から、北町奉行所の一介の同心に過ぎない鬼頭家への贈り物がときおりあって、それも甲州屋が一手に引き受けている。高価な木箱入りの胆嚢《たんのう》が届けば、箱の下に小判が数枚入っており、それを用意するのが甲州屋で、胆嚢と木箱はその場で甲州屋に戻り、ふたたび他の用途に使われることになる。

(鬼頭さまは松平家から、なにやらおもてにできない探索を依頼されておいでだ)

当然、勘づいているが、深入りしないのも献残屋の仁義だ。

松平家で、甲州屋をとおし鬼頭龍之助とのつなぎ役になっているのが、足軽大番《おおばん》頭《がしら》の加勢充次郎《みつじろう》である。龍之助と加勢充次郎が談合するとき、町場の料亭ではなくいつも甲州屋の奥座敷を使っている。だから龍之助はとっさに〝加勢どのからなにか〟と訊いたのだ。右左次郎は応えた。

「はい、その加勢さまのことでございます。あぁ、こういう話、歩きながら話したほうがよございましょう」

龍之助をうながし、小僧に、

「おまえ、少し離れてついてきなさい」

「へえ」

小僧は五、六歩うしろに下がった。

なにやら秘密めいた話があるようだ。右左次郎はさっき〝加勢さまから〟とは言わず、〝加勢さまのこと〟と言った。気になる。

甲州屋のある宇田川町は、神明町から北町奉行所のある呉服橋御門に向かうにも、組屋敷のある八丁堀へ帰るにも通り道になる。

「で、加勢どのがなにか？」

「はい。加勢さまから、また役中頼《やくちゅうだの》みの受け渡しの依頼でして」

「………」

大八車が音を立て、土ぼこりを上げて二人を追い越して行った。

大名家や高禄の旗本は、家臣が町中《まちなか》で町人相手に不慮の事件などを起こした場合などに備え、よろしくと定期的に役中頼みをしている。これも家士が直接与力や同心の屋敷へ持ち込むのではなく、献残屋が品揃えから運び込みまで請負う場合が多い。

いま、松平家の加勢充次郎から、それを受けたと右左次郎は言っている。しかも、

「いえ。鬼頭さまにではなく、ちょいと気になる相手で、鬼頭さまのお立場になにか関係することではないかと……それで急ぎお知らせに」

「ほう。相手は」

二人は街道の町人や武士、僧侶など往来人にまじり、傍目《はため》には世間話でもしながら歩いているように見える。

「それが、はい。南町奉行所の、隠密同心の飯岡市兵衛さまでして」

「ええ！」

龍之助は瞬時、歩をとめた。

「やはり、なにかお心当たりが」

「いや。なんでもない」

龍之助は右左次郎をうながし、ふたたび歩を進め、

「で、贈答はいくらほど」

「加勢さまは手前どもに、高麗人参を用意して箱詰めにし、その底に二十両ばかり入れよ、と」

大金だ。もちろん、高麗人参も舶来の高価な薬剤だ。そこへ二十両といえば、衣食住付きの足軽の四人分のほどの年給金に相当する。それを定町廻りの龍之助より、自在に動ける隠密同心にだ。

加勢充次郎がなにの探索を依頼したか、右左次郎は聞いていまい。加勢も話したりはしないだろう。

(おそらく加勢は、俺に依頼していることを、飯岡市兵衛にも頼んだ)

龍之助は予測した。隠密同心なら、どこをどう調べれば糸口をつかめるか……心得ていよう。脅威だ。足はすでに宇田川町に入っていた。

「いつのことだ」

「話は十日ほど前にありまして、高麗人参を用意してお届けしたのはきのうです」

ならば飯岡市兵衛はすでに探索を進め、

(それできょう、神明町に来た)

心ノ臓が高鳴る。だが、飯岡がきょう神明町に来たのは、誰かを尾《つ》けていた。

(俺が目的であったはずはない)

ならば、

(尾けられていたお店者風とはいったい……)

「鬼頭さま」

「あ、あぁ。もう宇田川町だな。よく知らせてくれた。礼を言いますぞ」

「ほう。なにやらお役に立てたようですねえ」

甲州屋右左次郎は満足そうな表情で腰を折り、

「来た甲斐がありました」

と言ったものの、まだなにか言いたそうな口ぶりだった。だが龍之助が奉行所へ急ぐようすに見えたので、

「それでは」

甲州屋への枝道に入った。小僧も離れたところから龍之助に頭を下げ、右左次郎に追いつこうと小走りに枝道へ駈け込んだ。

龍之助は一人になった。歩を進めながら、緊張を覚える。

鬼頭龍之助が町奉行所の定町廻り同心として、松平家の加勢充次郎から依頼されたのは、〝田沼意次《たぬまおきつぐ》の隠し子〟の探索である。

(俺の探索を俺に……)

見つかるはずがない。そこで松平家は、

(南町奉行所の隠密同心にも……)

それにしては、きょうの飯岡市兵衛の行動は辻褄《つじつま》が合わない。

(ともかく奉行所だ)

龍之助は歩を速めた。

四

北町奉行所は、江戸城の東手になる外濠《そとぼり》呉服橋御門を入ったところにある。

龍之助がその御門を入ったのは、太陽が西の空にかなりかたむいた時分だった。

母屋の玄関を入ると同心溜《だま》りよりも、与力部屋への廊下にすり足をつくった。

さいわい平野準一郎《ひらのじゅんいちろう》は一人で部屋にいた。平野与力も放蕩無頼の一時期を持ち、龍之助と同様に裏社会の仕組みを心得ており、龍之助が土地の無頼にわたりをつけ寺社の門前町にも堂々と定町廻りの歩を入れているのへ目を細めながらも、

「――だからいっそう、善悪のけじめはつけねばならんぞ」

忠告も与えている。

なにやら書類を調べていた平野与力は、

「ほう、どうしたい。深刻な面《つら》をしてよ」

手をとめ、顔を上げた。平野準一郎も相手が龍之助だと、つい以前の放蕩時代の伝法な言葉が出てくる。それに、昨今の松平定信の過度な〝謹厳実直〟にも、

「――困ったもんだぜ」

と、ときおり龍之助に洩らすことがある。

「実は平野さま」

文机《ふづくえ》に向かっていた平野与力の脇に、龍之助は端坐した。

「ほう。おまえさんがそんなにあらたまった顔になっているなんざ、なにか困ったことでも持ち上がったのかい。神明宮の祭礼も、なんとも静かなまま、きょうで終わり

じゃなかったかい」

「はい。その神明宮にきょう、南町の隠密同心が忍んで参りました」

「なんだって？」

顔だけ向けていた平野与力は、体ごと龍之助のほうへ向け、

「で、どんなようすだった」

「はい。ご内儀とお嬢さまのお供を繕《つくろ》って中間姿にて……」

龍之助は神明宮の石段での場面から、いま自分の息のかかった町の若い衆と岡っ引が、増上寺門前の花霞を見張っていることまで、洩らさず話した。

「うーん、女房に娘まで駆り出してなあ……」

平野与力は驚いたような、またあきれたような口調になり、

「南町隠密の飯岡市兵衛のう……やつめ、焦っておるのか」

「と申しますと？」

「おぬしらにまではまだ達してはおらぬが、柳営《りゅうえい》（幕府）から南北両町奉行に、ある下知《げじ》があってなあ、極秘に探索を進めよ、と」

平野与力は、飯岡がなにに〝焦っている〟のかは言わなかったが、龍之助はそれよりも問いを前に進めた。

「どのようなご下知にございましょう」

「うふふ」

平野は卑屈と不満の籠《こ》もったような嗤《わら》いを浮かべ、

「お奉行の初鹿野信興《はじかののぶおき》さまが柳営に伺候《しこう》し、老中首座の松平定信さまから下知をお受けなされたとき、俺もお供をしておってなあ、隣の部屋に控えておったのよ。だからその内容もお奉行から聞いた」

「ですから、いかような」

もったいぶった言い方をする平野与力を、龍之助は急かした。初鹿野信興は、前任の柳生久通《やぎゆうひさみち》に代わってこの長月《ながつき》（九月）一日に浦賀奉行から転出して着任したばかりだ。それだけに、江戸での職務に情熱を燃やしている。

平野は周囲に目を配り、声を潜めた。

「これはなあ、暫時《ざんじ》おもてにしてはならぬ、と。おぬしだから言うのだ。それにおまえさん、どうやらこれに関わってしまったようだからなあ」

「他言はいたしませぬ」

龍之助は額を平野与力に近づけた。

「抜荷《ぬけに》だ」

「抜荷？　現在《いま》ありますのか、さような事案が」

「ない。だから探索せよ、と」

「意味が分かりませぬが」

「ふふふ」

平野はまた何者かを揶揄《やゆ》するような含み嗤いを洩らし、

「找《さが》せば出ないはずはなかろう」

「はあ」

「だからどんな些細なことでもほじくり出し、手証《てしょう》をつかんでおけ、と。一月《ひとつき》ほど前のことだった。そのとき南町のお奉行もご一緒だった」

「南北同時に？　それも手証だけで、縄はかけないので？」

「さよう。手証をつかむだけだ」

「なにゆえ」

「近々、ご老中は長崎奉行所に抜荷の厳禁を下知《げじ》なされるそうだ」

「それで、いまは探索だけを？」

解せない。

「極秘に探索をしても、手証をつかめば即刻踏み込むのが筋では」

「もちろんそうだ。だが、ご老中は探索だけとお達しらしいのよ」

「またどうして」

「だから言ったただろう。近々長崎に下知され、それではじめて抜荷狩りは、われらのおもての仕事となる」

「なにゆえさような面倒なことを？」

「ふふふ。そこがご老中の喰えぬ所以《ゆえん》よ。長崎奉行所への下知、江戸の町々の高札場《こうさつば》にも貼り出されようよ。それと同時に、これまでつかんだ手証をもとに一斉にあちこちで摘発し、悪質な者は市中引廻しのうえ品川の鈴ケ森《すずがもり》や千住《せんじゅ》の小塚原《こづかっぱら》の仕置き場で斬首に処し、首をさらす。その数も多ければ多いほどよい」

「なるほど」

龍之助は得心した。布令と同時に検挙数を上げる。庶民は目を瞠《みは》って諸事かくのごとしと、他のことでも脛《すね》に疵《きず》を持つ輩《やから》は戦々恐々となるだろう。

「そういうわけで、両奉行所ともお奉行から隠密同心のみに抜荷探索の下知があったって寸法よ」

「さようでしたか。で、長崎奉行所へのお達しはいつごろですか」

「分からねえ」

「探索ばかりが長ければ、対手《あいて》に感づかれて逆に逃がしてしまうことになりますが」

「そこを、逃がさねえようにしろってことだろうよ。で、おめえはどうするえ」

「どうするって、なにを」

「なにをじゃねえだろう。おめえ、すでに関わっているんだぜ。聞けば飯岡は外の縁台に座っているだけで、中に入ったのは女房と娘だっていうじゃねえか」

「そのとおりで」

「それで尾けていた商人風体が誰と会って、どんな話をしていたか分かるかい。料亭じゃ出入りの客も多かろうによ」

「むろん」

「おめえのことだ。今夜中にもおめえの岡っ引や手なずけている土地《ところ》の与太が、商人風体も会っていた相手も、場合によっちゃ話の内容まで探ってくるのじゃねえのかい。神明町や増上寺門前なら、隠密が幾人《いくたり》入ろうと、おめえには敵《かな》わねえぜ」

苦笑する龍之助に、平野与力はさらにつづけた。

「隠密だって生きて帰《けえ》れねえかもしれねえって町によ、素人の女房や娘まで駆り出すたあ無謀だぜ。飯岡ってえ隠密は」

「だけど、あのご内儀と由紀どのの身は、伊三次、いえ、土地の者が出張っておりますので、危険な目に遭うことはありやせんや」

「ほれほれ。おめえ、もう飯岡以上に関わっちまっているぜ。この件なあ、経過をそのつど知らせてくれ。老中首座だかなんだか知らねえが、捕物は間合いをはずしたんじゃ逃げられるだけってことが分かっちゃいねえ。そんな人のために、世の慮外者《りょがいもの》を取り逃がすようなことがあっちゃならねえ」

「それじゃ平野さま。手証をつかめば、踏み込んでもよろしいので？」

「あゝ、定町廻りが踏み込んで慮外者を押さえ、それがたまたま抜荷だったってことにすりゃあいいだろう。抜荷は運びの廻船屋から陸《おか》での闇売り筋と背景が大きいだろうから、奉行所あげての大捕物になるかもしれねえ。そこへ阿片《あへん》でも出てくりゃあ、老中さまの下知なんざ吹っ飛んじまわあ」

「やるならそこまで、と」

「気構えは、な。獲物は鼠一匹だってかまわねえ」

「ともかく、やれと？　で、隠密同心の飯岡さんとの関わりはどうします」

「そこよ、難しいのは。まあ、成り行きから判断するしかねえだろう。別に飯岡と競うわけでもなく、出し抜こうってえ気などおめえにはあるめえよ」

「そのとおりで」

「奉行所内でなにかまずいことにでもなりゃあ、俺がお奉行に掛け合ってなんとか取りつくろっておこうじゃねえか」

「まったく、ご老中の器《うつわ》がもうすこし大きければ、ご面倒をおかけすることも……」

「おっと、それは奉行所で言うことじゃねえぜ」

「はあ、そのようで」

龍之助はニヤリと微笑んだ。

屋内はそろそろ薄暗くなりかけていた。

同心溜りに戻ると、奉行所に残っていた同僚たちも帰り支度をしていた。

「ほう、これは鬼頭さん。きょうも一日、持場を微行《びこう》でしたか」

「神明宮の祭礼、きょうで無事終わったようですなあ」

かけられる声に、

「盛り上がらず、大きな騒ぎもなかったのは、ご政道のおかげですよ」

「あはは。まったく」

昨今のご政道に息苦しい思いをしているのは、奉行所もおなじなのだ。

組屋敷下働きの茂市《もいち》が、正門脇の同心詰所で待っていた。いつものことで、夕刻近くには同心詰所は八丁堀の下男たちで満杯になる。

捕物道具の入った挟箱を担ぎ、あるじの一歩うしろに歩を取って八丁堀まで帰る。呉服橋御門から町場を経て日本橋に近い東海道を東に越え、さらに町場を抜け堀割を渡った一帯が八丁堀となる。

太陽が沈みかけている。

龍之助は顔だけうしろへふり返らせ、

「南の隠密同心で、飯岡家というのを知っているか」

下男や下女同士では、おなじ八丁堀界隈で互いに面識もあれば路傍で会えば話もする。

気になるのだ。というよりも、さっきから龍之助の胸に引っかかっているものがある。与力部屋で南町の飯岡市兵衛の名を出したとき、平野与力は〝やつめ、焦っておるのか〞と言った。それに献残商いの甲州屋右左次郎は、松平屋敷から八丁堀の飯岡家に役中頼みの贈られたことを、わざわざ神明町まで龍之助を捜《さが》し伝えに来た。

（抜荷の探索以外に、飯岡市兵衛になにか私的な背景があるのか）

ならば、奉行所よりも八丁堀で訊いたほうが分かるかもしれない。

〝飯岡家〞と不意に訊かれ、

「えっ」

茂市は一瞬、動きまではとめなかったものの、龍之助から訊かれたことに驚いた表情になった。

(やはり)

龍之助は思いを強めた。

茂市は言った。

「旦那さま。ここはもう八丁堀でございますよ」

南町奉行所は、呉服橋御門から南方向になる数寄屋橋御門を入ったところにある。北町に南町というのは町の名ではなく、呉服橋御門が北で数寄屋橋御門が南に位置するため、便宜上からついた呼称だ。二つの奉行所は江戸市民からの公事《くじ》を一月《ひとつき》交替で月番として受けつけている。

非番だからといって、一月交替で休んでいたわけではない。受けつけた公事の調査や犯罪の探索は継続しておこなっている。だから当然、非番の月でも与力も同心も小者たちも、おなじ時刻に出仕しておなじ時刻に八丁堀へ帰ってくる。

街道を横切り堀割の橋を渡って八丁堀に入れば武家地で、人の往来は橋を境に極端に減り、そこに北も南も顔を合わせることがよくある。

茂市が〝もう八丁堀〟と言ったのは、さっき堀割の橋を渡ったばかりだったからだった。いまも十数歩前方を歩いている主従二人は、南町のようだ。
（かようなところで、めったな話はできませぬ）
茂市は言ったのだ。
「うむ」
龍之助はうなずき、顔を前に向け、
（帰ってから訊こう）
二人は黙々と歩いた。
組屋敷の往還に入った。
陽は沈んでいたが、まだ提灯を必要としない明るさはある。
「おっ」
龍之助は足をとめた。
茂市も気づいたか足をとめ、
「旦那さま」
声をかければとどく距離だ。
迷った。
行ってしまった。

鬼頭家の冠木門《かぶきもん》から足取りも若い女性《にょしょう》が一人、出てきて龍之助たちが戻って来たのとは逆方向に、小刻みな足で去って行った。

飯岡家の由紀だ。去った方向も、確かに飯岡家への方向だった。

龍之助と茂市は顔を見合わせた。声をかける間合いはすでにない。

龍之助の脳裡はめぐった。

(花霞の一件はすでになんらかの結論が出て、飯岡市兵衛も屋敷に戻っているか、それとも隠密だからまだいずれかに出ているのか)

探索した場所が場所だけに、由紀が無事帰っていたことに安堵を覚えた。

それに、その由紀がいったい、

(なんの用?)

急いだ。

冠木門をくぐった。

玄関に声を入れるなり、下働きのウメが奥から廊下に走り出てきた。龍之助が鬼頭家のこの屋敷に入る前から奉公している老夫婦で、いわば茂市とウメは龍之助の八丁堀暮らしの指南役でもある。

「旦那さま、一歩の違いでござんしたよ」

「うしろ姿だけ見た。飯岡家の由紀さまだろ」

ウメに応えたのは茂市だった。

「そんならなんで声をかけておあげなさらなんだ。旦那さまとなにやら話しをしたそうな口ぶりだったのに」

「ともかく部屋で聞こう」

龍之助は腰から抜いた大小をウメに渡した。

鬼頭家の住人はこの三人だけだ。武家で、あるじと奉公人が一緒に膳を囲むなどあり得ないが、独り身の気楽さからか鬼頭家ではそれがときどきある。

「暗くならないうちに」

と、きょうもそうなった。

ウメは言った。

「四、五日前ですじゃ。外で由紀さまと会い、つい立ち話になりましてなあ」

歳のせいだろう。ウメは腰をさすりながら、腰痛の話をしたそうな。

「お優しいお嬢さまで……」

そのとき、しきりに同情してくれたという。

それがいましがた、

「――高麗人参が入りましたので、煎じて飲んでくださいましな。元気が出て腰痛も治るかもしれませぬゆえ」

と、乾燥した一本だったが、懐紙に包んで持ってきてくれたというのだ。高麗人参なら一本でも高価なもので、庶民ではなかなか手に入らない。

(甲州屋が用意し、松平家から贈られたもの)

に、違いない。

「それに由紀さまは、きょう神明宮で旦那さまに会われたとか」

「ふむ。会った」

「そのとき挨拶もできず、そのお詫びもしたい、と」

龍之助にとっては不思議だ。同心の娘が、貰い物とはいえ他家の奉公人の年寄りのために高麗人参をわざわざ持ってくるなど、通常では考えられない。ということは、高麗人参は口実で……。

「旦那さま」

ウメは意味ありげにニヤニヤ笑いながら龍之助に視線をながし、

「あのお嬢さま、旦那さまとなにやら話がしたくって、もう奉行所からお戻りと思って、あたしに高麗人参など持ってきてくださったのでは」

「ふむ。俺からもまた会いに行くかもしれぬ」

「えぇえ！　旦那さまも⁉」

ウメは龍之助とはまったく別の想像をしているようだ。

「それよりも、茂市」

「へえ」

「さっき俺が訊いたこと。おまえ、なにやら返答がありそうだったなあ」

「はい。そのことですよ」

こんどは茂市が話しはじめた。

飯岡市兵衛には年老いた母がいて、

「それがここ数年、病で寝込んだきりになり、医者の薬料も重なるばかりで。それを工面するため飯岡さまはなにやら阿漕《あこぎ》なことまで……。いえ、それがなんだか、わしはなにも聞いておりませぬじゃ」

辻褄《つじつま》が合う。平野与力も、飯岡市兵衛を〝焦っておるのか〟と言ったのだ。

「そんな貴重な高麗人参を、わざわざ……？　こりゃあいよいよあのお嬢さま、旦那さまに……」

ウメが嬉しくて笑うような、それでいて困惑したような、なんとも奇妙な表情になった。

部屋は深刻な雰囲気となり、それに行灯《あんどん》の火が必要となるほど暗くなっていた。

この日の話はそこまでだった。

五

「きょうは微行《びこう》に出るから、弁当はいらぬぞ」

朝起きるなり、すでに台所に出て火を熾《おこ》していたウメに声をかけ、庭に竹箒《たけぼうき》の音を立てていた茂市にも、

「きょうも神明町へ直接出るから、お供はいいぞ」

「へえ」

茂市は返し、龍之助は冠木門を出て往還の左右に視線を投げた。出仕前の時分に、由紀がまた来るかと思ったのだ。だが、早すぎた。いましがた陽が昇ったばかりで、来たのはいつもと変わりなく、

「毎朝ご苦労さんでございます」

「きょうも三つ四つもらおうか。おーい、婆さん」

おもてから納豆売りと茂市の声が聞こえ、裏手の台所からウメが笊《ざる》を持って出てきた。三十俵二人扶持《ぶち》の同心屋敷は、そう広くはない。庭から大きな声を出せば、裏手の台所にも聞こえる。重なるように聞こえた魚屋を呼ぶ声は、隣の庭からだった。すでに台所から煙の上がっている屋敷もある。奉行所の与力や同心の組屋敷がならぶ八丁堀とはいえ、朝の風景は町家と変りはない。

龍之助は寝巻きのまま、縁側で大きく伸びをした。三十のなかばを過ぎていてもまだ独り身の龍之助には、やはり若い由紀が来たことは、昨夜ウメが想像したのとおなじような意味で気になる。

だがいまは、由紀の父親である飯岡市兵衛の動向だ。市兵衛は龍之助が〝内庭〟とする神明町に入ってきた。それも定町廻りには知らされていない、隠密同心だけの任務としてである。

由紀は来なかったが、腹ごしらえを終えると龍之助は、一人でふらりと冠木門を出た。飯岡市兵衛も、もういずれかへ出ているかもしれない。さきほどわずかに由紀が来るのを期待したのは、ウメが想像する意味もあったが、来れば父親市兵衛の動向が聞けるとの思いのほうが強かった。

ちょうど同心たちが出仕する時刻だ。堀割の近くで北町の同輩数人と出会った。いずれも挟箱を背負った下男を随えており、おなじ方向に向かっている。下男たちは正面門脇の同心控室で一息入れてから、また引き返す毎日の行事だ。

「ほう。鬼頭さん、きょうも微行かね」

「あゝ。神明町の祭礼が終わったので、そのあとの見まわりをと思って」

下男を連れていないから、直接町へ出る微行と分かる。声をかけてくる同輩に龍之助は応えた。

「そりゃあご苦労さんだ」

近くを歩いていた他の同僚もそばへ寄ってきた。どの定町廻りも、寺社の門前は得体の知れない連中がうごめいているため、そこを受持ちにするのを嫌う。鬼頭龍之助は神明宮と増上寺という名うての門前町を抱え、しかもうまく仕切っているのだから、新参の同心とはいえ周囲は鹿島新當流免許皆伝の腕前以外にも、一目置いている。

街道に出ると、すでに往来人もさりながら大八車や荷馬も右に左にと出ており、江戸の一日がとっくに始まっているのが分かる。

呉服橋御門内に出仕のときは、その街道を横切るが、神明町には街道のながれに入って南へ向かう。

京橋を渡れば、街道から日本橋のならびといった華やかさは薄れるが、江戸市中にながれる東海道だ。人の出も町駕籠も多い。さらに新橋を過ぎると、両脇になおも町家がつづき活気はあるが、日本橋に近いとの雰囲気はまったく消える。ここからは宇田川町に神明町も近い。きのうまではこの街道にこの時刻、神明宮への参詣客も混じっていたことであろう。龍之助の足は宇田川町に入った。

（神明町の前に、甲州屋だ）

着ながしに黒羽織で粋な雪駄の地を引く音は、西手への枝道に入った。献残商いはおもて通りに暖簾を張る必要はない。商いの性質上、にぎやかな通りではかえって客は入りづらい。

枝道に入り、さらに脇道へ一度曲がったところに、甲州屋は暖簾を出している。目立たず、前を通っただけでは何の商いか分からない。だが奥行きは広く、裏庭に貴重な品の土蔵もあればかさばる品の物置もある。

龍之助が暖簾を小銀杏の頭で分けると、

「これは鬼頭さま！　さ、奥へ」

番頭が帳場格子の向こうからすり足で出てきて、腰を折りながら奥への廊下を手で示す。

「いや。きょうはさほどの用でもないゆえここで」

龍之助は店場の板敷きの間に腰を下ろした。

奥に入った手代がすぐに出てきて、

「あるじが是非お部屋のほうにと」

さらに辞を低くして言う。

龍之助は応じた。きのう街道での別れぎわ、甲州屋右左次郎はまだなにか話したそうなようすだったのだ。

裏庭に面した座敷に、金壺眼の右左次郎がすでに端座して待っていた。

龍之助が胡坐《あぐら》を組むなり、

「鬼頭さま」

「甲州屋さん」

二人は同時に口を開いた。

「聞きましょう」

「はい。きょうにでももう一度お伺いしようと思っていたのです。実はきのうの、南町の飯岡市兵衛さまのことでございます」

右左次郎は話しだした。途中、女中が茶を運んできたがすぐに退散し、廊下にも隣の部屋にも庭にも人はいない。

「加勢さまから事前に相談でもあれば、お話もできたのでございますが……」

龍之助のいま最も気になるところだ。そのために、いま甲州屋に立ち寄っているのだ。逆問いを入れた。

「甲州屋さん、きのうはまだなにか話が残っているようなようすでしたが」

「はい、残っております。松平家が隠密同心の飯岡さまになにの役中頼みをされたのか、手前どもの立ち入ることではないのですが。ただ、飯岡さまの行状が……」

と、飯岡家が老母の長患《ながわずら》いで内所の苦しいことは、右左次郎も知っていた。

「その薬料を工面するためでございましょうか。悪い噂が……」

と、茂市の話よりもさらに一歩踏み込んだ。

「実は、小伝馬町の牢屋敷の囚人が外とのつなぎを取るたびに、ちょいと口を出し」

「えっ！」

これには龍之助も驚いた。

牢内の囚人が娑婆《しゃば》の家族や仲間と連絡を取るのに、袖の下をつかまされた牢の下男《しもおとこ》が文《ふみ》の使い走りをしたり、食べ物を運び入れたりするのは、茶飯事《さはんじ》ではないがかなりおこなわれている。同心がそこに一枚かむこともある。

「まさか飯岡さん、そこで見逃し料などと吝《けち》なことを」

「そればかりではありません」

「まだ？　いかような」

「囚人には、裕福な家のドラ息子もおりまする。そこへ、なにかと強請《ゆすり》まがいのことを」

「なんと！」

余禄といっても、龍之助が松平家から役中頼みを受けているのとは意味が異なる。人の弱みにつけ込んでいる。

（許せない）

思いが右左次郎にもある。だから龍之助に打ち明けているのだ。なるほど、店先で茶を飲みながら話せる内容ではない。

右左次郎は声を潜め、話をつづけた。

「もちろん噂で、私とて手証をつかんでいるわけではありません。それに飯岡さまには同情すべき点もございます。ですが、そこに老中首座の松平家からの役中頼みが重なったとあれば、放置しておくことはできません。〝事前に相談があれば〟と言ったのは、実はそこなのです」

「松平家は、どこまで飯岡どののことを知っているかと。それに、知ったうえでの役中頼みなのか……と？」

「そうなのです」

「ふむ。加勢どのは足軽大番頭で、武士としては市井《しせい》に通じておいでだ。だが、限界はある。おそらく、飯岡どののご母堂の病だけを知り、金が入用であろうと……」

「私も、そうだと思うのです。ですが相談もされないのに、私のほうからあのお方にはこれこれかような噂が、などと申し上げることはできません」

「もっともだ」

「役中頼みはもう届けてしまいました。そこでもし、飯岡どのの行状に噂どおりのものがあり、それがおもてになったなら……」

「あっ」

龍之助は声を上げた。

「そうなのです。私としましては、これほど目覚めの悪いことはありませぬ」

甲州屋右左次郎が懸念しているのは、飯岡市兵衛の行状が発覚したときのことである。〝謹厳実直〟をおもて看板とする老中首座の松平定信が、御法に背《そむ》いていた町方に、しかも隠密同心に多額の役中頼みをしていたとなれば、定信の信用は失墜し、向後《こうご》の政道に影響が出るのは必至だ。それに、大名家や高禄旗本家が町方に役中頼みをするのは、町場と直接関係のある定町廻り同心で、〝頼み〟の内容もなかば公然となっている。龍之助も松平家以外からもこの種の〝頼み〟は受けている。しかし役中頼みの相手が隠密同心とあっては、秘密めいたものを諸人に連想させる。松平家は証拠隠滅を謀《はか》るであろう。最も考えられるのは、すべてなかったことにするため、

——飯岡市兵衛の抹殺

である。

龍之助もそこに気がついたのだ。それだけではない。場合によっては甲州屋とて、

——危うくなる

松平家にとっては、老中首座の地位を保持し権力を維持しつづけるのに、町奉行所の同心一人や町場の商人の命など、

(取るに足りないもの)

なのだ。

「で、甲州屋さん。俺になにをしろ、と」

龍之助はしだいに、かつて芝から田町あたりまでの街道筋で、左源太を配下に無頼を張っていたころの伝法な言葉遣いに戻りはじめた。甲州屋右左次郎は、その時代の

龍之助を知っているのだ。

「鬼頭さま、よく言ってくださいました」

「許せねえことは相手が誰であろうと許せねえ。甲州屋さん。あんたそこまで話しなすったのだ。存念を聞かせてもらいましょうか」

「忌憚《きたん》なく申し上げます。飯岡市兵衛さまの行状が明るみに出だしたら……」

「助《す》けてやれと……」

「はい」

「うーん、難しいなあ。だが、やる価値はある。真剣に考えておこうじゃないか」

実際に〝難しい〟。言った龍之助は、

『実は、きのう』

出かかったが、呑み込んだ。抜荷の探索は、甲州屋には関係のないことだ。それよりも、

「松平家の加勢どのは、飯岡市兵衛どのになにを頼もうと?」

つい訊いた。

「それはいつも申し上げておりますとおり、手前どもの関与せざることでして。ただ……」

「ただ……？」

「はい」

右左次郎は龍之助の顔を見つめ、思い切ったように話した。

「――北町の鬼頭どのにも依頼していることじゃが、定町廻りではどうも埒《らち》が明かぬ。そこで隠密同心を、それも鬼頭どのとは異なる南町の……と思うてのう」

加勢充次郎は言ったというのだ。もちろん言ったのはそこまでで、依頼の内容までは言っていないようだ。敢えて右左次郎も、訊いたりはしていないはずだ。

（やはり）

龍之助は確信を持った。果たして脅威であることが、これで明確となった。

「鬼頭さま」

廊下から番頭の声が聞こえた。

「左源太さんが来ておいでです」

「え、左源太が」

「はい」

「ここへお通しすれば」

右左次郎が言い、番頭が下がるとすぐにまた廊下に足音が聞こえた。

「兄イ。やっぱりこちらでしたかい」

明かり取りの障子が開けられた。左源太も、以前を知っている甲州屋右左次郎の前では、やはり龍之助を呼ぶにもむかしの呼び方が自然に出てくる。いつもの腰切半纏を三尺帯で決めた職人姿で、廊下に立ったまま、

「大松の親分が、早く神明町へ見まわりに来て欲しい、と。それであっしは八丁堀に走ったんでさあ。すると茂市の父《とっ》つぁんが、旦那は神明町へ微行に出かけたと言うじゃありやせんか。途中で会わなかったところをみると、どっかへ寄り道したに違《ちげ》えねえと」

「それでここへか」

「さようで。兄イがこの界隈で寄り道するとすりゃあ、ここしかありませんやね」

「ほほう。それは、それは」

左源太の軽妙な語り口調に右左次郎は目を細めた。それに、左源太の二つ名にしている生まれ故郷の小仏《こぼとけ》峠《とうげ》は甲州で、右左次郎も商舗《みせ》の屋号が示すとおり、甲州の産だ。お甲の二つ名の〝峠〟も、小仏峠の〝峠〟なのだ。甲州屋の奉公人も番頭から小僧まで、すべてが甲州の出である。そうしたことから、甲州屋の面々は龍之助への親しみとはまた違った同郷意識を、左源太とお甲に持っている。

「で、大松の弥五郎は急いでいるのかい」

「切羽詰《せっぱつま》っちゃいやせんが、伊三次の兄イも一緒で、割烹の紅亭に一部屋用意してあって、お甲が仲居姿で待っていまさあ」

「ほう、そうか。それじゃすぐ行かねば」

左源太はまだ廊下に立ったままで、龍之助も、

「それじゃ甲州屋さん。いまの話、慥《しか》と聞きましたぞ」

念を押すように言いながら、腰を上げた。

大松の弥五郎の話は分かっている。わざわざ左源太が八丁堀まで迎えにいくほどだから、本門前一丁目の花霞で飯岡市兵衛を見張った代貸の伊三次に、きっとなにがしかの成果があったに違いない。そこに左源太もつき合っているのだ。その左源太が右左次郎の前とはいえ、花霞の名を一言も洩らさなかったのは、さすが龍之助の岡っ引を務めているだけのことはある。

右左次郎はまだ話し足りなさそうに、玄関まで出て二人を見送った。

甲州屋から割烹の紅亭へは、街道へ出ずに町場の裏手を抜けて神明宮の石段下に出たほうが断然近道となる。町場といっても裏手だから、それほど人通りは多くない。

そこに歩を取りながら、

「兄イ。甲州屋にいってえなんの話だったんですかい。右左次郎旦那、いやに真剣な顔をしてやしたぜ」

「ふむ。それなあ、あとでお甲も交えてゆっくり話さあ。一言や二言では言えねえくらい、話が複雑にこんがらがっていやがるのよ。それよりも花霞よ」

龍之助は期待を込めて言った。

同時に、平野与力の言った〝焦っておる〟の意味が分かったような気がした。飯岡市兵衛が内儀や娘まで動員し、老中の求める成果を上げようとするのは、

（手柄で悪事を隠すため）

だったのか。さらに、その悪事を平野与力が舌頭《ぜっとう》に乗せなかったのは、飯岡家の事情を知ったうえでの、

（武士の情け）

だったのかもしれない。

いずれにせよ、多くの事情が複雑にからみ合い、そのなかの一つが龍之助にとって脅威になろうとしていることは、右左次郎から得た感触からも厳然たる事実となったのだ。

（一つ一つ、当たっていくしか）

からみ合った事態を乗り切る方途のないことを、龍之助は胸に収め歩を進めた。

左源太は龍之助の弁を受け、

「そのことでさあ。あっしもまだ詳しいことは聞いておりやせんが、昨夜、弥五郎親分もかなり動きなすったようですぜ」

「ほう。そうか」

龍之助はさらに期待を強め、雪駄の音を高めた。

六

思わず甲州屋で時間を取ってしまった。太陽はすっかり昇り、中天にかかろうとしている。左源太が迎えに来なかったなら、

『午《ひる》の膳を用意しますから』

右左次郎は言っていたかもしれない。

「で、花霞はどうだったい」

「そいつは伊三兄イから。なにしろ大松の弥五郎親分が、深く関わりなさったようだから」

「ふむ。急ごう」

「急いでおりやすぜ」

同心と職人が肩をならべ、

「あ、旦那。きょうも見まわりで」

「ご苦労さんでございます」

出会った町の住人たちがきのうまでと違って声をかけるなか、二人は急いだ。

石段下の鳥居の前に出た。

「ほう。すっきりしたな」

人出が例年どおりではなかったといえ、きのうまで鳥居のまわりから神明町の通りの両脇を埋めるように出ていた千木筥売りの屋台などが姿を消し、いつもの町の顔を取り戻しているのを見ると、祭りの終わったのが実感できる。

「あらら、旦那ア。遅いですよう」

お甲が割烹紅亭の玄関前まで出て待っていた。お甲も内輪では〝龍之助さまア〟だが、人前ではやはり〝旦那ア〟になる。

「てやんでえ。これでも急いだんだぜ」

左源太が悪態を返し、龍之助は大小を仲居姿のお甲に預け、部屋に急いだ。

祭りはきのうまでだ。午《ひる》近いというのに、座敷は二間も用意されていた。一番奥の座敷とその手前だ。

左源太の言ったとおり、大松の弥五郎と伊三次が待っていた。一番奥の部屋だ。手前の部屋を空き部屋にしている。重要な話があるときのいつもの用心で、隣に人が入って盗み聞きされないための処置だ。

「さあ、待っておりやしたぜ」

と、大松の弥五郎と伊三次、それに龍之助、左源太、お甲の五人は上座も下座もない円陣を組んだ。お甲は足をくずし、男四人は胡坐になっている。

「待たせてすまねえ。さあ、聞かせてくれ、伊三次。中間姿の飯岡さん、縁台に陣取ってからどうしたい」

「へえ。順序立てて話しやす」

伊三次が言ったのへ、弥五郎は大きくうなずいた。やはり弥五郎もなにか話があるようだ。二つ名の〝大松〟とは逆に小柄で、しかも坊主頭だ。四十がらみで丸顔に目付きが鋭く、愛嬌があるなかにも不気味さが感じられる。

「中間姿の隠密さん、やはり花霞に入る客の顔をそれとなく確認しているようでやしたよ。さすがお奉行所の隠密で、客から訝《いぶか》られるようなことはありやせんでした」

中に入った内儀と娘の由紀は、半刻《はんとき》（およそ一時間）ほどで玄関から二人のお店者風が出てきたのへつづくように、

「玄関口へ出て来やして」

左源太が見張りにつき合ったのはそこまでだった。あとは伊三次の差配になる。

「三人はまた武家主従のかたちを取り、こんどは先に出たお店者風の二人を尾《つ》け、街道に出て南方向へ進み、金杉橋《かなすぎばし》の手前で海辺のほうへ曲がり、あのあたりの廻船問屋や荷運び屋のならぶ一角をめぐると、また街道へ戻り、来た道を北へ返し……」

新橋を経て京橋も過ぎたところで枝道に曲がり、こぢんまりと暖簾を出している小さな呉服屋に入り、

「それがなんと中間姿が鬼頭の旦那とおなじ着ながしに黒羽織の姿になっており、主従が逆転したようにお内儀と娘さんが黒羽織のあとにつづき、そのうしろに挟箱を担いだ中間が随っておりやした。あの中間は、本物でやしょう」

きのう、龍之助が北町奉行所の与力部屋で、平野準一郎と額を寄せ合っていた時分のことになろうか。

「あっしはそこから引き返したのでやすが、若い衆二人にあとを尾けさせやした」

飯岡市兵衛は挟箱の中間を随え、数寄屋橋御門内の南町奉行所に戻り、母娘は八丁

堀に入ったという。若い衆は組屋敷までは見とどけなかったようだ。

（それでよい）

龍之助は思った。堀割を渡ると人の往来は極端に少なくなり、尾けていると簡単に見破られる。

由紀が鬼頭家のウメに高麗人参を持ってきたのは、そのあとのことになる。

龍之助は軽く問いを入れた。

「京橋の質素な呉服屋か。変わった屋号で〝南知堂《なんちどう》〟っていわなかったかい」

「へい、さようで。ご存じなので？」

「いや。まあ、な」

伊三次が言ったのへ龍之助は言葉を濁した。その南知堂は南町奉行所の息がかかった呉服屋で、隠密同心が奉行所から微行に出て外で変装をする場合、詰所となる場だ。だから枝道を入った目立たないところに暖簾を出している。北町奉行所もそうした呉服屋を江戸市中に二、三軒持っているが、たとえ左源太やお甲の前でも、まして大松の弥五郎たちのいるところで話すわけにはいかない。

「で、弥五郎。おめえもなにか調べてくれたようだが」

弥五郎の丸顔に視線を向け、話を急かせた。弥五郎たちも、龍之助が言わないことを敢えて聞こうとはしない。これも弥五郎たちの、龍之助に対する仁義だ。

弥五郎は話に入った。

「旦那。あそこは本門前一丁目で一ノ矢《いちのや》の縄張でやしょう」

「ふむ」

龍之助はうなずいた。増上寺の広大な門前町で、一等地の本門前一丁目を仕切っている貸元は矢八郎《やはちろう》といって、一ノ矢と通称されている男で龍之助も知っている。花霞に手を入れるときには、事前に一ノ矢に了解を得ておかなければあとあと面倒が生じることも、龍之助は心得ている。だからいつも、増上寺門前になんらかの手を入れるときには、大松の弥五郎を通して一ノ矢に話をつけているのだ。

きのうも、伊三次が花霞を張ったときから弥五郎は動いていた。

「ちょうどよござんしたよ。祭礼の最後の日ということで一ノ矢をこちらに招いていたんでさあ。あはは、この紅亭の、この部屋でさあ」

弥五郎は笑いながら言う。そのことは、弥五郎も伊三次も龍之助には話していなかった。話すことでもなかった。龍之助は苦笑する以外にない。ともかく自分の縄張内《しまうち》のことになれば、貸元たちの動きは奉行所の役人が及ばないほど迅速になる。これには龍之助も常に舌を巻く思いをしている。

きのう龍之助が割烹紅亭を出てから、弥五郎はその場で一ノ矢と話をつけていた。一ノ矢も対手が奉行所の隠密同心とあってはその気になり、しかも、

「——定町廻りの鬼頭さまの要請なんでさあ」

弥五郎が話すと、一ノ矢は、

「二つ返事で応じ、合力《ごうりき》を約束してくれやしたぜ」

「ほう、それはありがたい。俺からも一度挨拶を入れておこうか」

「ま、それは成り行きしだいということにして、一ノ矢はここからすぐ代貸を花霞に走らせ、女将と話をつけてくれやしてね」

伊三次はおもてを見張っていたが、一ノ矢の代貸は裏手から入ったから気がつかなかったようだ。

一ノ矢は、期待していた以上の知らせをもたらしてくれた。それもそのはずで、神明町で紅亭が大松の弥五郎の身内のようなものなら、本門前一丁目では花霞が一ノ矢の身内となっているのだ。

弥五郎は言った。

「隠密の旦那が尾けていたのは、日本橋の北たもとの、ほれ、室町《むろまち》の室町屋本舗《ほんぽ》などと屋号をつけてやがる献残屋でさあ。そこのあるじの室町屋助一郎《すけいちろう》とその手代二名で

さあ」

「なんだって」

龍之助は声を上げた。甲州屋右左次郎の同業ではないか。室町屋本舗といえば甲州屋に数倍する規模で、本舗というからには出店《でみせ》を江戸市中に三カ所ほど持つ献残屋の最大手であり、龍之助もその名は知っている。しかも、その出店の一つは龍之助が定町廻りの範囲にしている芝一丁目にある。屋号は〝室町屋芝〟といった。

「本舗の出店の者は来ていなかったのか」

「ま、最後まで聞きなせえ」

弥五郎はつづけた。

「そいつらと座敷で膝を突き合わせていたのが、これもほれ、隠密が尾け、それをまた伊三次らが尾けていった、金杉橋の手前を海辺のほうへ入った新網町《しんあみちょう》に、大層な暖簾を張り、なんとも威勢のいい大島屋《おおしまや》藤十郎《とうじゅうろう》とそこの番頭でさあ。つまり、その大島屋を、あの中間姿の隠密同心が尾けたことになりまさあね」

新網町の大島屋といえば、この街道筋では誰もが知る廻船問屋だ。

「もっとも、花霞での話の中身までは女将も分からないそうで」

だが、見えてきた。

龍之助の表情が引き締まった。隠密同心の飯岡市兵衛はおそらく室町屋本舗を経た献残品のなかに、ご禁制の抜荷があるのを探り出して女房に娘まで動員し、

(室町屋本舗に品を運んでいる廻船問屋を突きとめた)

ことになる。飯岡にすれば、室町屋本舗の取引相手を探るつもりだったのが、いきなり運びの廻船問屋に行き当たったのかもしれない。いずれにせよ室町屋本舗を突きとめた努力に天が報いたか、いきなり廻船問屋に行き着いたのだ。しかも、室町屋本舗が廻船問屋と直接つながっているとなると、買い取った品がたまたま禁制品で、それを室町屋本舗が他にまわしたのなどではない。室町屋本舗が、

(抜荷の首魁)

ということは、大名家や高禄旗本家に禁制品が出まわっている公算がきわめて高くなる。というよりも、

(確実だ)

定信のことである。大名家であろうと幕閣だろうと、容赦はしないだろう。その端緒を、飯岡市兵衛はつかんだのだ。その手柄は大きい。小さな悪事など、消し飛んでしまうだろう。

「それでさっきの問いでやすが、花霞での談合は言いやした顔ぶれだけで、室町屋本

舗といやあ、この近くの芝一丁目にもあるのを知っておりやすが、そこの者は来ていなかったそうで」

「ふむ。そうか」

「旦那？　どうかなさいましたかい」

「い、いや。なんでもねえ」

「だったら旦那、この背景にゃどんなものが流れておりやすので？」

交換条件ではないが、弥五郎がいたからここまで分かったのだ。龍之助からも弥五郎や一ノ矢の利になるものを考えねばならない。

「うむ」

龍之助はうなずき、

「おめえら、額を寄せろ」

声を低め、一同は膝を前にすり寄せた。

「抜荷よ」

「えっ」

声を上げたのは左源太だった。弥五郎たちも一瞬表情をこわばらせ、

「どういうことでござんすかい」

「ともかくおめえらの身辺か身内で、ご禁制の品に手をつけている者がおればすぐ処分しろ。南蛮渡来の蠟燭《ろうそく》一本でも持っていたら、えらいことになるぞ。一ノ矢には弥五郎、おめえからそっと話してやれ。他言は断じて無用だぞ。仔細は訊くな。時期が来れば話す」

松平定信が探索だけとの下知を忘れ、ひとたび役人が大島屋と室町屋本舗に踏み込むことになれば、柳営の大目付や目付まで動くことになるのは必定だ。町場においても町方の十手がどこまで伸びるか知れたものではない。南町も北町もなくなり、神明町や増上寺門前で、打ち込みの先頭に立つのは龍之助ということになる。

「いいな。極秘にだぞ」

龍之助は念を押し、

「左源太、お甲、つき合え。行くぞ」

「あ、待ってください。女将が午の膳を用意すると言っていましたのに」

腰を上げた。

「いらねえ」

「旦那ア、せっかく来たのに」

すでに襖《ふすま》へ手をかけた龍之助に左源太は愚痴をこぼしながら随い、お甲も仕方なく腰を上げた。

弥五郎と伊三次は顔を見合わせている。

（なにやら重大な風が吹きそうな）

感じ取っているのだ。

七

神明町の通りは、鳥居の下から一丁半（およそ百五十米）ほどで街道へ丁字型にぶつかるが、その角に割烹ではなく〝茶店本舗　紅亭　氏子中〟と大書した大きな幟《のぼり》がひるがえっている。街道から神明宮に参詣する人には、この幟が目印になっており、参詣人がちょいと休憩するお休み処としてけっこう繁盛している。本来、紅亭はここ一軒だったのが一等地の石段下にも割烹の暖簾を出し、いまではそのほうが実入りもよく、構えからも金銭面からも本店となっている。

きのうまでは街道にはみ出した縁台にもお茶の客が座り、中の入れ込みも奥の部屋も常にお客が入っていたが、きょうはいくらか余裕があるようだ。

「えっ、ここですかい。〝行くぞ〟なんて言うもんだから、てっきり室町屋か大島屋へ乗り込むのかと思いやしたぜ」

「その日が来るかもしれねえ」

言いながら龍之助は小銀杏の頭で暖簾を分け、中に入った。

「あっ、旦那。ようやく旦那の部屋、とっておくことができるようになりやした」

店を任されている老爺《おやじ》が奥のほうを手で示す。板敷きの入れ込みの横で履物を脱ぐ土間が、そのまま廊下になって奥へつづき、家族連れや仲間同士が水入らずでくつろげる畳の部屋がならんでいる。座敷というほどのものではなく、隣との仕切りは襖などなく板戸で、土間の廊下に面した板戸が出入り口になっている。

普段ならいつ来ても一番奥の部屋が空いており、なかば龍之助の詰所のようになっている。余裕があれば、隣の部屋も老爺が気を利かして空き部屋にしてくれる。いまもそうなっている。ダラダラ祭りの期間中は商いの邪魔になってはと、龍之助は一度も茶店紅亭に立ち寄らなかった。そうした配慮もあり、老爺からも茶汲み女たちからも龍之助は評判がいい。

部屋に入り三つ鼎《みがなえ》に座るなり、

「さあ、午の膳はここで済ませるぞ」

「ここでって、ここじゃお茶に団子か煎餅《せんべい》しかねえじゃありやせんか」

「なに言ってるの兄《あに》さん。龍之助さまがここへ座を変えたのは、大松のお人らの前ではできない話があるからじゃないの。ねえ、龍之助さま」

「そういうことだ」

「ほっ、そうだったのですかい」

左源太はいくらか機嫌をなおしたようだ。

茶汲み女がお茶と団子を運んできて板戸を閉めると、龍之助は声を落とし、

「抜荷の話はおめえらもさっき聞いたとおりだが、もうすこし言やあ、近いうちに松平は派手な取り締まりを始めるぞ。飯岡市兵衛の動きは、そのためのものだ」

話を加え、

「実はな……」

さらに声を落とし、三人は団子を持った手をとめ、額を近づけた。

「松平が甲州屋をとおし、飯岡市兵衛に……」

高麗人参の箱の底に二十両もの大金を忍ばせ、役中頼みをしたことを話した。

「えっ、それじゃ兄イ。まさか松平は飯岡の旦那にも兄イを找《さが》せと!?」

「しっ」

思わず声が大きくなりかけた左源太に龍之助は叱声《しっせい》をかぶせ、お甲も驚いた表情に

なった。

松平定信が〝田沼意次の隠し子〟にも憎悪の念を燃やし、草の根を分けても找し出そうとしていることを、左源太もお甲も龍之助から聞かされ知っている。その〝隠し子〟こそが鬼頭龍之助であることを当人から聞かされたとき、二人は仰天したものである。

田沼意次はすでに失脚し、失意のなかに今年の睦月《むつき》（六月）に死去し、その血族もすべて松平定信によって苛酷なまでに失脚させられている。しかし、それでも定信の意次への恨みは消えない。八代吉宗《よしむね》将軍の孫で御三卿の一つでもある田安家の出である定信は、

（当然、儂《わし》は将軍になれるはず）

であったのが、田沼意次によって阻止され柳営からも遠ざけられ、その意次を失脚させ、ようやくつかんだ座が老中だったのだ。たとえ定信が将軍になったとしても、意次への恨みは終生消えないだろう。

意次に隠し子がいる。世に埋もれているため、かえって找しにくい。他の血筋は大名家に養子入りしたり嫁《か》したりで、いずれも所在が公《おおやけ》で、だから失脚もさせやすかった。しかし、命は取れなかった。秘かに毒を盛ったとしても、明らかに世間には定

信の意趣返しと分かるだろう。だが市井《しせい》に埋もれ世に知られない血筋ならどうか。格好の鬱憤《うっぷん》晴らしの対象ではないか。

「兄イよ。隠密同心なら、三十数年前までさかのぼれば找せるってえこと、気がつくかもしれやせんぜ」

「龍之助さまア、どうすれば」

二人の心配げな視線が、龍之助に向けられた。

左源太がぽつりと言った。

「その高麗人参、抜荷の品かもしれやせんぜ」

「それもある」

龍之助は応え、

「だからけえって危ないのよ」

と、飯岡市兵衛の〝噂〟の件も話した。

「えぇえ！　なんてあくどいことを。許せないっ」

「あゝ、分からねえ。いってえ、なにがどうなってんでえ」

お甲は手を握り締めて憤慨し、左源太は自棄《やけ》になったような声を上げた。隣が空き室になっているのがさいわいだった。

「ともかくだ、一つ一つ片付けていく以外に、ここを切り抜ける方途はない。おめえたちもその気でいてくれ」

「その気でって、どんな気で？」

「それが分からねえから、おめえたちに話しているのじゃねえか」

「でも……」

「でもなにもねえ。これからしばらくが正念場になる。これを話したくって、おめえらをここへ呼んだのだ」

龍之助は腰を上げた。この二人から事態が他に洩れる心配はない。

足は北町奉行所に向かった。

（どうなるか分からねえよ、俺にだって）

雪駄の音を街道に立てながら、焦りを覚えるのは飯岡市兵衛よりも、むしろ龍之助のほうだった。

奉行所に平野与力はいた。きのうのつづきか、書見をしていた。

「どうしたい」

平野は龍之助の顔色から、尋常ではない事態を龍之助がつかんだのを察した。

「室町の献残屋と新網町の廻船問屋が……」

龍之助は話した。

「なに！」

平野の顔色は変わった。単なる抜荷の探索ではなくなった。室町屋本舗となれば、大名家にも高禄の旗本家にも、どこまで事態が及ぶか計り知れない。

「飯岡が突きとめたのがきのうなら、報告はもう柳営に入っているだろう。大《てえ》した隠密だぜ。その適確さとほじくり出した事態の大きさ……おそらく松平さまの想像も超えていようよ」

江戸中がひっくり返るような騒ぎになるかもしれない。

平野は大きく息を吸い、

「鬼頭よ。しばらく静観しろ。このあと、事態はどう展開するか分からねえぞ」

「はっ」

龍之助は返した。しかし、静観などできるものではない。すでに龍之助の脳裡から、飯岡市兵衛の小さな悪事など吹き飛んでしまっていた。あるのは、飯岡の探り出した抜荷の背景の大きさだった。

二　打ち込み

一

落ち着かない。

すべてが気になる。

大松の弥五郎と増上寺の本門前一丁目の一ノ矢が、どのように縄張内《しまうち》での探索を進めているのか、

(あいつらのことだ。おもてに洩れぬよう、うまくやっているだろう)

思いはするが、やはり心配だ。

それに、南町奉行所から報告を受けたであろう松平定信が、現在《いま》の〝探索のみ〟の下知《げじ》を変更し、打ち込みの時期を探っているのではないか。

それを思えば、かえって安堵に浸《ひた》ることもできる。南町奉行所が秘かに室町の献残屋・室町屋本舗と新網町の廻船問屋・大島屋の身辺を探りながら、老中首座の松平定信の下知を待っているとすれば、その探索の先頭に奔走しているのは、飯岡市兵衛であるはずだ。

それなら、飯岡市兵衛が松平家の加勢充次郎から受けたと思われる〝田沼意次の隠し子〟の探索に、労力を割く余裕はないはずだ。隠密同心がその探索に加わったとなれば、それこそ龍之助《たつのすけ》には脅威なのだ。

その後、由紀が鬼頭《きとう》家に来ることはなかった。父親の飯岡市兵衛から禁じられているのかもしれない。由紀があの日、高麗人参を持って鬼頭家に行ったことを市兵衛に話していたなら、おそらく市兵衛は怒り、

「――二度と行くでない」

由紀を叱ったであろうか。あるいはその逆かもしれない。抜荷《ぬけに》探索の一端を龍之助に見られている。

龍之助にすれば、由紀が来たなら、

（その後の動向が聞けるかもしれない）

逆に市兵衛も、由紀をとおして龍之助の動きが探れるかもしれないのだ。

その飯岡市兵衛が、献残屋の室町屋本舗と廻船問屋の大島屋がつながっていることを突きとめてから三日目の午《ひる》近くだった。

「鬼頭さま、与力の平野さまがお呼びでございます」

奉行所の同心溜りで公事《くじ》の調べ物をしていた龍之助を、小者の使番《つかいばん》が呼びに来た。

「おう」

龍之助は即座に文机《ふづくえ》の書類を閉じ、立ち上がった。待っていたのだ。平野与力から呼び出しがかかるとは、柳営になんらかの動きがあったからではないか。

「――兄イ、新網町なら目と鼻の先ですぜ。ちょいと行って、大島屋に探りを入れて来ましょうかい」

「――よせ」

左源太が言ったのを、龍之助は抑えている。対手《あいて》に感づかれ、飯岡市兵衛の努力を無にしてしまう虞《おそれ》があるからだ。

献残商いの室町屋本舗についても、甲州屋右左次郎《うさじろう》にもまだ話していない。話せば得るところがあるかもしれない。しかし、右左次郎が室町屋本舗の助一郎と関わりがあるのかないのか定《さだ》かでない。ここはやはり、伏せておいたほうが無難だ。

だが、こちらが動かないでは対手の動きも分からない。それがいま、大所から分かるかもしれない。龍之助は廊下にすり足を速めた。

襖《ふすま》を開けた。

「おう。来たか」

平野与力は足音だけで身を文机から離し、襖のほうへ向けていた。

「柳営はいかように」

座りながら言う龍之助に平野は、

「あはは。やはり気になっているようだな」

「そりゃあ、むろん」

「足を崩していいぞ」

「はっ」

平野は龍之助にも胡坐《あぐら》をすすめ、額を龍之助に近づけた。龍之助もそれに応じ、

「南は打ち込みますか」

「そのことよ。老中からさきほど使番が奉行所に来た」

「いかに」

「急《せ》くな」

二人とも声を潜めている。平野のようすから、奉行所内でもこのことはまだ伏せら

れているようだ。もっとも北町奉行所で、南町の隠密同心が廻船問屋と献残屋のつながりをつかんだのを知っているのは、龍之助と龍之助から聞かされた平野与力だけなのだ。北町奉行の初鹿野《はじかの》信興《のぶおき》の耳にもまだ入れていない。北町の隠密同心たちも、室町屋本舗と大島屋にはまだ行き着いていない。

そこに平野与力は配慮を働かせ、龍之助に〝急くな〟と示唆したのだ。

初鹿野信興は浦賀奉行からこの長月《ながつき》（九月）一日に、松平定信に期待され江戸北町奉行に就任したばかりで、まだ一月《ひとつき》も経ていない。

（早く手柄を立てたい）

思わぬはずはない。

そこへ南町の隠密同心が、早々に抜荷の端緒をつかんだ。しかもその背景と裾野《すその》の広がりには、とてつもなく大きなものが予想される。知れば初鹿野信興は、遅れてはならじと北町の隠密同心を大島屋と室町屋本舗に集中するだろう。

そうなれば、対手に気づかれるのは必至だ。そうでなくとも南町は、飯岡市兵衛の報告で探索の手を強化していよう。踏み込んだときには、手証《てしょう》の品はおろか帳簿類もすべて、

（隠滅したあと）

になりかねない。

声を潜め、平野与力は言った。

「即刻の出仕あるべし……と、言ってきたのよ」

「えっ。ならば」

「そういうことだ。きのう小耳にはさんだのだが、南町奉行の山村良旺《やまむらたかあきら》さまが相当強く老中に陳情されたらしい」

「ということは、南町では早急に踏み込まねば、と……」

「そう判断していることになる。老中首座の松平定信さまも、事の重大さに驚かれたのだろう。〝即刻の出仕〟は北町《うち》のお奉行と南町奉行だけでなく、柳営の大目付に目付衆も一緒なのだ」

「えぇえ！」

龍之助は仰天した。

「ふふふ。やはりおぬしも勘づいたようだなあ」

「はい」

平野が不敵な嗤《わら》いとともに言ったのへ、龍之助は返した。

〝即刻の出仕〟は、打ち込みの件であろう。矛先《ほこさき》の一つが室町屋本舗とあっては、大目付や目付衆のなかにも取引のあった者が必ず出てくる。そこへ事前に打ち込みの話をする。

（どうなる）

そこに龍之助は驚き、平野は不敵な嗤いを浮かべたのだ。大名家を管掌《かんしょう》する大目付は五人であり、旗本を監督する目付は十人もいるのだ。さらに平野の脳裡には、それらの前で老中が打ち込みの話を切り出したことに狼狽する南町奉行・山村良旺の顔が浮かんだ。事前に対手側に洩れるかもしれないのだ。

山村良旺は北町奉行の初鹿野信興とほぼおなじ五百石取りの旗本で、京都西町奉行や柳営の中枢である勘定奉行などを歴任し、その名は能吏として聞こえており、江戸南町奉行に就任してからも四年がたつ熟練の士だ。老中から〝探索のみ〟の下知さえなければ、神明宮のダラダラ祭りの最後の日、飯岡市兵衛から報告を受けたとき、即座に打ち込んでいただろう。

「俺はこれからお奉行のお供でちょいと殿中に行ってくる。おぬし、俺からのつなぎを待つ必要はない。捕方《とりかた》を十人ばかり、できれば二十人、おぬしに預ける。なんでもいい、口実をつくってきょう中に大島屋へ打ち込め」

「えっ、よろしいので!?」

「よろしいもなにもあるめえ。南町の山村良旺さまが焦っておいでということは、いま打ち込めば手証の品が得られるということじゃねえのかい」

平野は伝法な口調になった。それだけ熱が入っているのだ。平野の念頭にも、いまあるのは町奉行所の与力としての熱意で、飯岡市兵衛の小悪事の件は隅へ追いやられているようだ。

「しかし、平野さま。南町の飯岡市兵衛どのにはいかように？」

「それよ。これについては飯岡をないがしろにすることはできぬ。なんらかの策を講じ、おめえが大島屋へ打ち込むことを知らせてやるのだ。知ればやつめ、単独でも室町屋本舗へ打ち込もうよ。やつこそ奉行所の打ち込みの迫ったのが、きょう中に洩れることに勘づき、焦りを覚えるはずだぜ」

「おそらく。で、飯岡どのへの耳打ちはどのように？」

「それをおめえに任せると言っているのだ。俺はそろそろ行かなくちゃならねえ」

言いながら平野は腰を上げた。

「そ、それは」

難しい、と言おうとしたとき、平野はすでに襖に手をかけていた。

ふり返った。

「俺は殿中で控えの間に入ると、あとはもう身動きがとれねえ。ともかく抜荷の慮外者どもを逃がしちゃならねえ。捕方の手配はしておくから」

「へえ」

龍之助は中腰になった姿勢で頷《うなず》いた。平野が言うのも理解はできた。殿中の控えの間で町方の平野は身動きが取れなくても、大目付や目付たちなら配下の者を即座に下城させることはできる。幾人の者が城門を走り出るだろうか。それらは一様に禁制品取引の証拠隠滅のため屋敷に駈け戻り、さらに室町屋本舗にも走るだろう。龍之助が新網町の大島屋へ不意打ちをかけるのは、飯岡市兵衛に室町屋本舗への打ち込みをうながすためでもある。お互い、潰れる前に先手を打たなければならないのだ。だが、打ち込みの口実をどう設《もう》けるか。それに飯岡市兵衛にどうつなぐか……。

(左源太じゃねえが、あゝ、分からねえ。なにをどうすりゃいいんでえ)

龍之助は脳裡を混乱させながら廊下に出た。平野与力の姿はもうない。代わりに、奥のほうから慌しさが伝わってきた。同心溜りに戻ろうとすると、小者がうしろから追い越して行った。

「待て」

呼びとめた。

「へえ」

「なにかあったのか」

「お奉行の急なご登城です」

顔だけふり返らせた小者は言うとそのまますり足で去った。

同心溜りに戻ると、

「あ、鬼頭さん。あんたもお供じゃなかったので？　さっきあんた与力に呼ばれたから、てっきりそうかと思って」

「いや。私は免れましたよ」

残っていた同僚が言うのへ返し、さっき見ていた書類を、

「私はこれのかたづけを」

例繰方《れいくりかた》部屋へ返しに行き、そのまま玄関口に向かった。幾人かの同僚が、急遽登城の列に動員されたようだ。

玄関前は慌しく、奉行出立《しゅったつ》の列が組まれようとしていた。馬が三頭、奉行と与力が乗る。平野もそのなかの一騎だ。小者たちが挟箱を担ぎ、集まりかけている。列に加わる同僚たちは、正門脇の同心詰所に集まっていた。そこに緊迫感は感じられない。やはり抜荷の一件は奉行所内にもまだ洩れていないようだ。

（ともかく神明町へ）

龍之助が玄関を出ようとすると、

「鬼頭さま、鬼頭さま」

追いかけてきたのは、なんと六尺棒の捕方一人と平野家の中間《ちゅうげん》だった。

「お奉行が出立されたあと、人数がととのいしだい鬼頭さまの下知に従うようにと、平野さまから仰《おお》せつかっております」

「わたしもきょう一日、鬼頭さまの配下に入れと旦那さまから言われてました。もう一人、わたしの同僚が来ております」

捕方と平野家の中間は急いでいる口調で言った。平野与力の手配に抜かりはなかった。さらに、中間はそっと言った。

「わしら二人とも、あるじから十手を預かっております」

茂市と違って若い。左源太とおなじくらいの歳だ。戦力になる。

「ふむ」

龍之助は頷き、その場でこれからの指示を与えた。

「はい。さっそく」

中間はもう一人の同輩を呼ぶなり二人そろって正門を走り抜け、捕方は玄関前の庭から裏手の捕方詰所へ向かった。平野家の中間二人は紺看板に、梵天帯に木刀を差した、一目で武家の中間と分かるいで立ちだ。すぐ近くに立っている門番には、奉行の行列が組まれる慌しいなかの一環に見えたことだろう。

龍之助は呉服橋御門を出ると、急ぎ足になって街道のながれに乗った。

二

太陽が中天にかかった。

とっさに策を立て、捕方と平野家の中間に指示は出したものの、思惑どおり行くかどうか分からない。

（一か八か）

着ながし御免の黒羽織で、

――シャーッ、シャーッ

街道に雪駄の音を立てる。足元に土ぼこりが低く舞う。その速足に、往来人が慌てて道を開ける。

視線はただ前方を見つめ、脳裡には飯岡市兵衛の中間姿が浮かんでくる。

（さすが隠密よ）

思えてくる。その飯岡市兵衛はさらに焦りを覚えていよう。

いつの間にか足は京橋を過ぎ、新橋も渡った。宇田川町に入った。急ぎの荷であろうか。大八車がけたたましい車輪の音とともに追い越して行った。土ぼこりが舞う。

そのなかを、龍之助は枝道に入った。

（飯岡市兵衛への耳打ちは、なんとか甲州屋にできないか）

一縷《いちる》の望みだ。できなければ……、

（廻船問屋・大島屋への打ち込みをできるだけ派手にやる）

すぐさま市兵衛の耳に入るほどに……である。

しかし、確実な策とはいえない。

補助の策も考えている。いまから行く甲州屋でなにか品物をみつくろい、飯岡家へ高麗人参のお礼として茂市かウメに持たせ、そこで鬼頭龍之助がいましがた新網町に捕方を引きつれ打ち込もうとしていると話させる。新網町への探索には内儀も娘の由紀も加わっていた。母娘は驚き、なんらかのかたちで、

（市兵衛につなぎを取るはず）

枝道からさらに脇道へ曲がった。甲州屋のある往還だ。

「あれれっ、鬼頭さま！」

暖簾を入ってきた龍之助に、帳場格子の向こうに座っていた右左次郎《うさじろう》が、頓狂な声を上げて立ち上がった。

「どうした」

「さっき、その辺で飯岡さまに会いませなんだか」

「えっ」

龍之助の瞬時の驚きように、右左次郎は感じるものがあったのか、

（奥へ）

顎で廊下のほうを示した。

龍之助は無言でうなずき、雪駄を脱いだ。飯岡市兵衛とは、おそらく枝道一本の違いがあったのだろう。

裏庭に面したいつもの部屋に座を取るなり、

「飯岡どのがここへ。なにかありましたのか？」

「はい、いましがたです。飯岡さまが慌てたごようすでお越しになり……」

なんときのうの夕刻、松平家の加勢充次郎が直接甲州屋に来て、飯岡市兵衛と話したいことがあるから、きょうの夕刻前にここへ来て欲しいと伝えるよう依頼されたと

いうのだ。〝ここ〟とはむろん、甲州屋のこの座敷だ。

右左次郎はその場で手代を八丁堀に走らせ、きょうの朝、飯岡家の下男が〝了解〟の返事を持って来たというのだ。飯岡市兵衛にすれば、高麗人参とともに大枚の役中頼みを受けている以上、忙しくても断わるわけにはいくまい。

ところがいましがた、市兵衛が直接来てきょうの約束を、

「後日にしたいと申され、手前どもは困惑し、飯岡さまがお帰りになるとすぐさま番頭を幸橋《さいわいばし》御門内の松平さまのお屋敷に走らせたのでございます。加勢さまの返事がいかなるものになるか分からず、それをすぐさま飯岡さまに知らせ、さらに番頭が戻りしだい、飯岡さまの返答を持って加勢さまにお知らせすることにしたのでございます。なにやら加勢さまにも飯岡さまにも、切羽詰った事情が出来《しゅったい》なされたようで」

「ふむ」

龍之助は心ノ臓の高鳴るなかに頷《うなず》いた。

(やはり飯岡市兵衛は、奉行の急な登城に察知するものがあり……動いている)

まさしく〝切羽詰って〟いる。切れ者の山村良旺のことである。平野与力から龍之助が背を押されたように、南町では奉行が与力や同心たちに、なんらかの下知をしてから登城したのかもしれない。さらに、龍之助の思いはめぐる。

（ならば加勢の用件は……）

〝田沼意次の隠し子〟のことではなく、

（高麗人参のことか）

高麗人参は松平家の加勢充次郎が持参したものではない。だが、その用意を甲州屋に依頼したのは加勢である。それがもし抜荷の疑いがある品であったなら……。早急の打ち込みがあるかないか、誰よりも松平家が最も詳しく知っている。断を下すのは定信なのだ。潔癖症の定信のことだ。自家にわずかの汚点も許さないだろう。

（飯岡市兵衛にかたく口止めするためか）

ならば進捗《しんちょく》しだいでは、

（市兵衛の身が危うくなる）

そこまで、龍之助の脳裡は働いた。すでに松平家が目的達成のためには手段を選ばないことを、これまでの経験から身に染みて知っているのだ。龍之助は、市兵衛の小悪事のことでも、松平家なら身を護るため抹殺しかねないと考えたほどだ。松平家からの役中頼みの品から抜荷の禁制品があったとなれば、その重大さは小悪事の比ではない。

「鬼頭さま、どうなされました」

「あ、いや。加勢どのが飯岡どのに、なんの用事かと思いましてな」

龍之助はあらためて右左次郎に視線を据え、

「さきほど〝飯岡どのにお知らせ〟と申されたが、切羽詰ったものがあるのなら、そのようななかに当人と連絡など取れますのか」

龍之助の問いに、右左次郎は言った。

「そのことですが、飯岡さまは室町にある茶店を指定され、〝そこの女将《おかみ》に話せば、俺に通じるようにしておくから〟と」

「ほう。いずれの茶店ですか。いや、これは俺に関係ないことだった。訊くが野暮だった。すまぬ」

「いえ」

「したが、頼みがある。右左次郎どの」

龍之助はあらたまった口調になった。

「実はねえ、甲州屋さん。いま北町も南町も極秘に抜荷の探索を進めておりましてなあ」

「えっ、抜荷!」

龍之助が〝抜荷〟の一語を舌頭に乗せたのへ、右左次郎は強い反応を示した。

平野与力から抜荷への探索が秘かに進められていることを聞かされたとき、龍之助がまっさきに聞き込みを入れようとしたのは、この甲州屋右左次郎だったのだ。きょうまで控えていたのは、あくまでも極秘という、いわば役務的な理由からだった。だが、いまは事情が異なる。飯岡市兵衛へのつなぎを、甲州屋に依頼しようとしているのだ。

右左次郎の反応は、龍之助を色めかせた。右左次郎は、龍之助の顔をうかがうように言った。

「飯岡さまの指定なされた茶店は室町でございます。まさか飯岡さまが探索を入れておいでなのは、手前どもと同業の室町屋本舗さんでは……」

「甲州屋さん、なにか心当たりが？」

龍之助も右左次郎の顔を凝視した。

「はい。実は……」

右左次郎は言葉につまり、ふたたび話しはじめた。

「室町屋本舗さんは、同業のなかでは指折りの存在でして」

それは分かっている。龍之助はさきをうながすような表情になった。

「その室町屋本舗さんに、とかくの噂があり……それが……その、抜荷の品をころがしているのではないか……と。実は……松平屋敷の加勢さまから〝高麗人参を〟と依頼されましたとき、室町屋さんならと思い、問い合わせたのでございます」

「ふむ。それで？」

「ありました」

「うっ。ならば、室町屋本舗から品をまわしてもらい、二十両と一緒に八丁堀の飯岡屋敷へ持ち込んだ……と？」

「さようでございます。医者ならともかく、手前どもと同業のところに高麗人参……抜荷の品かもしれませぬ。法外な値でございましたから。私も、それを承知で……。鬼頭さま」

右左次郎はすがるような目になった。

飯岡市兵衛が目をつけた室町屋本舗から出た抜荷らしい品物が、抜荷を厳重に取り締まろうとしている松平定信の屋敷の依頼で、役中頼みとして隠密同心の飯岡家に持ち込まれた。その室町屋へ飯岡市兵衛が打ち込み、それらが明らかになれば……。

事態の行方は、龍之助にも分からない。

「甲州屋さん」

「はい」

部屋には緊迫した空気がながれている。

「松平屋敷の加勢どのが、きょうここで飯岡どのに会いたいと申し入れてきたのは、飯岡どのよりも甲州屋さんにまず高麗人参の調達先を聞き、そのうえで飯岡どのに厳しく口止めする算段だったのでは……」

「いま、鬼頭さまから抜荷探索の話を聞き、さように思えてきました」

言いながら右左次郎は龍之助ににじり寄った。龍之助は受けた。

「口外なさるな。それが加勢どのの願いでもありましょう。それに、まだここに高麗人参の残りがあるならいますぐ処分し、すべてなかったことにするのです」

「鬼頭さま」

「あとは成り行きによって策を講じましょう。それで、甲州屋さん」

こんどは龍之助のほうから右左次郎ににじり寄った。

「松平屋敷に行っている番頭さんが帰ってきてからでしたなあ。室町の茶店につなぎを入れるのは」

「はい」

「そのとき、北町の鬼頭龍之助なる定町廻りが、なにやら抜荷の現物をつかんだらしく、きょうにでも捕方を引きつれ金杉橋に近い廻船問屋に打ち込むそうです……と、ささやいてくれませぬか」

「えっ」

金杉橋に近い廻船問屋といえば、甲州屋も取引はないが新網町の〝大島屋〟であることは分かる。だが右左次郎は〝極秘〟を考慮し敢えて確認しようとはせず、

「鬼頭さまも探索を？」

「訊きなさるな」

「は、はい。つい私も野暮なことを」

右左次郎は頭をかく仕草をした。

「ま、お互い、そういうことだ。ともかくきょうは俺も忙しいのよ」

「はい」

龍之助は腰を上げた。

右左次郎は玄関の外まで見送りに出た。

「なにぶん、よろしゅうお願いいたしまする」

「うむ」

右左次郎の心配げな声を背に、龍之助は急いだ。

雪駄の音が高くなっている。甲州屋の話は思わぬものであったが、飯岡市兵衛への

つなぎの件はこれでかたづいた。茂市かウメを飯岡家に走らせる必要はなくなった。

だが大島屋への打ち込みの口実は、これからなのだ。なければどうする……。まさしく、きょうの龍之助は綱渡りだった。急ぎ足のなかに、

（ふふ。まったくお甲のようだぜ）

思えてくる。お甲はかつて軽業の一座で諸国をまわっていたころ、とんぼ返りなどは序の口で、綱渡りをしながら手裏剣を打ち、三間（およそ五米）ほど先の的に命中させていたのだ。

三

陽が中天を過ぎたなか、龍之助の足は神明町の茶店紅亭に向かっていた。

縁台の客に茶を出していた茶汲み女が龍之助の顔を見るなり、暖簾の中を手で示した。

「あ、鬼頭さま。さっきから茂市さんとどこかの中間さんお二人、それに左源太さんも来て、奥に案内しておきました」

「おう」

「おっ、鬼頭さま。なにやらお忙しいようで。中間さんから言われたとおりにしておきやした」

「しっ」

茶汲み女につづいて暖簾を入るなり老爺《おやじ》まで言うので、龍之助は厳しい表情で叱声《しっせい》を吐いた。

「あ、これは」

恐縮する老爺をあとに、龍之助は土間の廊下を奥に入った。

板戸を開けた。

茶汲み女の言ったとおり、茂市に左源太、それに平野家の中間二人が来て待っていた。

「旦那さま。平野さまの中間さんが来て、言われたとおり挟箱を持って来ましたじゃ。いったい、これからなにが」

「余計なことは訊くな、茂市。まず左源太」

「へい」

「大松へのつなぎ、大丈夫だな」

「へい。すぐに伊三兄イが本門前に走り、一ノ矢の親分さん、もう割烹の紅亭に来ているはずでさあ」

平野家の中間は、奉行所から一人が八丁堀の龍之助の屋敷に走って茂市を呼び、もう一人はこの茶店の紅亭に走り込んで左源太を呼び、龍之助の指示を伝え、そのままつぎの下知をここで待っていたのだ。部屋はいま指示どおり、すべて空き部屋になっている。奉行所から捕方が駈けつければ、ここが秘かな詰所《つめしょ》となるのだ。

「左源太」

「へい、へい」

左源太は嬉しそうにしている。

「その挟箱を開けろ。房なしの並尺《なみしゃく》十手が入っている。それを持て」

「えっ、いいので！」

「あゝ。こっちの二人も持っているでのう」

「左源太さん、ほれ」

中間の一人が、梵天帯のふところに挟んだ房なしの並尺十手をチラと見せた。町の耳役である岡っ引が、房なしとはいえ十手を持たせてもらう機会はめったにない。緊急の捕物で、しかも手が足りず機動性を要するときだけだ。それの判断は、現場に任されている。平野家の中間がすでに十手を持たされているのは、平野与力の〝緊急の事態になる〟との判断によるものであろう。

「こいつはたまんねえや」

言いながら、左源太は挟箱を開けた。並尺十手に打ち込み用の長尺《ながしゃく》十手、捕縄《とりなわ》に呼子、針金入りのはちまきに白だすき、草鞋《わらじ》、脚絆《きゃはん》、たたみ込んだ弓張《ゆみはり》の御用提灯など、捕物道具が入っている。

「きょうはちょいと荒い仕事になるかもしれねえ。ここが詰所だ。茂市、おめえは形《かた》がつくまでここの留守居役だ。俺はちょいと割烹のほうへ行ってくる。左源太は捕方が来るのを中間さんと一緒に待つのだ。来たら俺にすぐ知らせろ」

龍之助は新たな下知をすると、すぐさま外へ出た。老爺も茶汲み女も、

「…………」

こんどは無言で見送った。

神明町の通りに歩を踏む。もうダラダラ祭りの痕跡はない。

「おや、旦那。お急ぎのようで」

「そうでもねえがよ」

かけられた声に返し、足を急がせた。甲州屋で思わぬ時間をとったが、収穫は大きかった。これから綱渡りの打ち込みである。その波風が、どこまで広がるか見当もつ

かない。

柳営ではいまごろ、南町奉行の山村良旺《たかあきら》が飯岡市兵衛の探索内容を説明し、

『即刻の打ち込みを！』

松平定信に迫っているころであろうか。その場に居ならび、身に覚えのある大目付や目付などが困惑している姿が目に浮かぶ。その仁らは証拠隠滅の時間稼ぎに、

『慎重に』

と、進言していることだろう。なにしろこの打ち込みが、これから苛酷に進められる〝抜荷厳禁〟の陣触れとなるかもしれないのだ。

（飯岡市兵衛、いつ室町の茶店に入る）

ふと市兵衛の顔が脳裡をかすめた。龍之助は敢えて訊くのをやめたが、その茶屋は日本橋の北詰めの広場に面して暖簾を出しているむらさき屋という茶店だった。暖簾から外に出している縁台の毛氈《もうせん》まで紫づくしで、けっこう品《ひん》のある店で〝お茶処むらさき屋〟と、これもまた紫の地に白く染め抜いた小さな幟《のぼり》を立てている。

甲州屋の番頭は松平屋敷から戻ると、右左次郎に言われすぐさま町駕籠を駆って茶店むらさき屋に向かうだろう。市兵衛がむらさき屋に寄ったときが、急遽室町屋本舗への打ち込みとなるだろう。場合によっては、市兵衛の室町屋本舗への打ち込みのほ

うが先になるかもしれない。いずれにせよ松平定信の下知を、くつがえすことになるのだ。

「あっ、鬼頭さま。お部屋、ご案内いたします」

龍之助が暖簾をくぐるなり、仲居がすぐ案内に立った。さすが割烹紅亭の仲居で、茶店のように〝急がしそうで、いったいなにが〟とか、待っている者が誰であるかなど口にはしない。

いつもの一番奥の座敷で、手前が空き部屋になっていた。

部屋には大松の弥五郎と一ノ矢こと本門前一丁目の貸元・矢八郎、それに仲居姿のお甲の三人が待っていた。伊三次や一ノ矢の代貸たちは、離れた部屋に控えているようだ。

「これは八丁堀の旦那。お呼び出しとはいったいなんでござんしょう」

まず一ノ矢が言った。増上寺門前町の一等地を仕切っているだけあって、なかなか渋みのある面構《つらがま》えだ。

お甲は訊かれたであろうが、さすがになにも話していないようだ。二人とも怪訝な表情で座っている。

「弥五郎に一ノ矢の、集まってもらったのはほかでもねえ」

龍之助は胡坐に座りながら、

「抜荷の探索だ。手を入れるぜ」

「えぇぇ！　手入れ！」

声を上げたのもまた一ノ矢だった。

龍之助は話した。裏街道に生きる者ほど、その者が一廉《ひとかど》の人物なら、話すべきときには物事を包み隠さず話したほうが、相手もそれに応じてくることを龍之助は知っている。自分もかつて、無頼を張っていた一時期があるのだ。

龍之助は室町の室町屋本舗の名も新網町の大島屋の名も出した。

「やってくだせえ、鬼頭の旦那」

一ノ矢は意味ありげに言った。

献残商いの室町本舗の出店で〝室町屋芝〟というのが、金杉橋を渡ってすぐの金杉通り一丁目に暖簾を張っていることを、弥五郎も一ノ矢も知っている。献残物でなくとも高価で珍しい贈答の品など、増上寺門前の町々では宇田川町の甲州屋とけっこう競合しているのだ。

一ノ矢は言葉をつづけた。意外な内容だった。

「新網町の大島屋だけでなく、金杉通り一丁目の室町屋芝にも手を入れてくだせえ。

あっしが隣の本門前二丁目に踏み込み、二ノ源《にのげん》を押さえ、旦那に引渡しまさあ」

これには、

「えっ、一ノ矢の。どういうことでえ」

大松の弥五郎が驚きの声を上げた。二ノ源とは名を源兵衛《げんべえ》といって本門前二丁目を仕切り、縄張が一ノ矢と隣接する貸元だ。当然、弥五郎とは一ノ矢ほどではないが往来はあり、龍之助も顔は見知っており、狐目で見るからに一癖ありそうな男だ。

「――やつには任侠のにの字もねえ」

とは、増上寺門前町の貸元衆の評判で弥五郎も耳にしており、

「――そういう感じの野郎だな」

「――あたしも二ノ源の親分さんの賭場じゃ、小判を積まれても盆をふる気にはなりませんよ」

大松一家の者と呑んだとき、龍之助の言葉にお甲がつないだことがある。一度二ノ源の盆茣蓙《ぼんござ》に招かれ、いかさまを強要されたのだ。そのときお甲は途中で盆と賽《さい》を放り出して神明町に帰ってしまい、一ノ矢があいだに入って大松一家と二ノ源が喧嘩にならないよう収めたことがある。

その二ノ源の名がこの場に出されると、

「またあの男ですか」

お甲は露骨に嫌悪の表情を示し、弥五郎と龍之助は逆に一膝前に進め、部屋に緊迫の糸が張られた。

「あたし、ちょいと膳のほう、手伝ってきますので」

お甲は気を利かしたか、席を立った。

龍之助はうなずき、一ノ矢はそれを受けるように話しだした。

「あの野郎、本門前二丁目の料亭や女郎屋に上がる馴染み客に、南蛮渡来の葡萄酒《ぶどうしゅ》なという赤い酒を飲ませ、それも南蛮渡来のギヤマンのグラスとかに注いでいるらしいので。そのうえ部屋には、これも南蛮渡来の大きな細工物の色彩豊かな蠟燭《ろうそく》を点けているらしいので。その珍しさで、けっこう遠くからも来る、ふところのあったけえのが常連客になっているらしいので」

「その噂、やっぱり本当だったのかい」

と、弥五郎も噂を聞いたことがあるような口ぶりだった。さいわいと言うべきか、一ノ矢も大松一家も、抜荷には無縁だったようだ。その所為《せい》もあろうか、一ノ矢の語り口調には力が籠もっていた。

柳営を握っている松平定信の〝驕奢《きょうしゃ》を禁じ、風俗を改め華美なからしむる事〟が、今般のご政道の大方針であることは、江戸市中の高札場に出される布令からも、知らぬ者はいない。

「――おもてになれば、門前町といえど役人が大挙踏み込んで来るぞ」

それを一ノ矢をはじめ、増上寺門前町の貸元衆は警戒し、恐れている。最善の方法は、かばうのではなく、みずから二ノ源を捕えて奉行所に差し出し、役人の手が増上寺門前町に入るのを防ぐことである。

それを一ノ矢はいま、龍之助に持ちかけていることになる。

（よかろう）

龍之助は内心、思った。こたびの目的は、増上寺門前の大掃除ではない。やるとすれば抜荷の根絶より困難で、それこそ大騒動となるだろう。

諾意を龍之助が舌頭へ乗せようとすると、

「それだけじゃござんせんので」

一ノ矢はつづけた。しかも声を潜め、

「阿片《あへん》が……」

「なんだって！」

龍之助は声を上げ、弥五郎も仰天した。おもてになれば私財没収の闕所《けっしょ》や遠島どころではない。斬首は確実だ。

「いえね、確証があるわけじゃござんせんが、客にときどき吸わせていると、そういう噂もありやして。最近のことで、まだ広がってはおりやせん」

「うーむ」

龍之助は唸り、

「どこから引いてきているのか、なにか元出しの噂はながれていねえか」

「へえ。実は、さっきからそれを旦那に言いたかったのでさあ。これは噂じゃありやせん。あっしのところの若い者が、ほれ、金杉橋を渡ったところの室町屋芝。あそこを室町屋本舗から預かっている番頭が、小僧に荷を持たせてよく二ノ源の住処《すみか》に出入りしているのを見ておりやす。荷はギヤマンに凝った蠟燭に葡萄酒。あるいは、そこに阿片も……」

「うーむむ。大島屋に室町屋芝か……。さあて……」

龍之助が考え込むように腕を組んだ間合いを、

「旦那。左源太さんが」

お甲の声が埋めた。廊下からだ。

「おう、待っていたぞ。入れ」

「へいっ」

襖が外から開けられ、お甲と左源太が入ってきた。左源太の腰切半纏のふところから、十手がチラと見えた。

「ほう。もうそこまで用意を」

頼もしそうに言ったのは一ノ矢だった。左源太も一ノ矢とは面識がある。

左源太は座に着くなり、捕方の第一陣が茶店の紅亭に入ったことを話した。第一陣というのは、最初の五人だった。あと五人ずつ二組が、目立たないようにつぎつぎと茶店の紅亭に入るらしい。合計十五人だ。

それだけの人数になぜ時間がかかったのか。与力が正式に下知して奉行所から出陣する捕物ではない。あくまでも龍之助が定町廻りのときに突発的に踏み込み、たまたま集められる人数を呼び寄せたというかたちを取らなければならないからだ。十五人がそろうまで、まだすこし時間がかかりそうだ。

割烹紅亭の奥の座敷に、伊三次に一ノ矢の代貸も加わった。声は低められた。そこに交わされたものは、標的が大島屋だけではなく、奉行所を巻き込むのるかそるかの策だった。

「あたしにも、なにか役目はあるんでしょうねえ」

お甲の声が聞こえた。もちろん、ないはずはない。

陽は西の空に入っているが、まだ高い。

四

街道に面した茶店紅亭の部屋に、捕方十五人がそろった。龍之助はすでにそこへ移動している。捕方たちははちまきを締め、たすきをかけ、手にしているのも六尺棒ばかりではない。龍之助の指示で神明町をはじめ近辺の自身番から刺股《さすまた》や突棒《つくぼう》が集められ、半数はそれを握り締めている。龍之助のはちまきには針金が入っており、着ながしは尻端折に、履物も足首まで紐で結ぶ草鞋《わらじ》が用意されている。

さきほど甲州屋の手代が来て、

「室町の茶店むらさき屋に甲州屋《うち》の番頭が町駕籠で向かい、いましがた戻ってきました。むらさきの女将は、聞くと顔色を変えたそうです」

「そうか。ご苦労」

龍之助は頷《うなず》いた。茶店むらさき屋も呉服の南知堂と同様、南町の息のかかったところだったのだ。

太陽は西の空にかたむいていたが、沈むまでにはまだ余裕がある。おもての縁台に茶飲みの客が四人ほど座っていたが、いずれも商家のご新造風で、神明宮への参詣の帰りであろう、街道のながれを見ながらゆっくりと茶を喫している。奥で捕物支度が進んでいることなど、まったく気づいていないようだ。老爺と茶汲み女たちに、

「――かまえて普段のとおりに」

龍之助が強く言っている。

大松一家の若い衆が着ながし姿で、街道から縁台のあいだをすり抜け奥へ入った。

「へへ。金杉の通りも新網町も変わりなく、けっこう繁盛しているようで」

龍之助に報告する。物見《ものみ》に出ていたのだ。大島屋も室町屋芝も、神明町の茶店に捕方が待機しているなど、まったく気づいていない。気づいても、自分たちが打ち込まれるなど、想像もしていまい。なにしろ、幕閣や大名家が背景についているのだ。

一ノ矢の若い衆がふらりと入ってきた。

「用意がととのいやした」

平野家の中間二人が十手をかざし、一ノ矢の若い衆を引き連れ二ノ源の住処《すみか》に打ち込む用意だ。策のとおり、中間二人は本門前一丁目の花霞に入り、待機の態勢に入ったのだ。

「よし、やれ」

「へい！」

龍之助は下知した。若い衆はまたゆるりと外へ出ると、あとは走り出した。

打ち込んだとの知らせが入るなり、六尺棒に刺股、突棒を手にした捕方十五人が龍之助を先頭に、茶店紅亭を飛び出し街道を南へ走る手筈になっている。

思いがけない知らせがあった。

奉行所の小者と平野家の下男だった。

「新橋のところでこの人を見かけ、追いついて一緒に来やした」

奉行所の小者が言った。平野家の下男はまだハアハアと息をついている。

「これを、平野さまから鬼頭さまへ」

小者は書状というよりも、封印された紙片を龍之助に差し出した。

「うむ」

龍之助は受け取り、開いた。文面は短かった。

——御下知物《おげじもの》は、南町が明日夕刻に
「分かり申した」

思わず龍之助は平野与力が目の前にいるように錯覚した。〝御下知物〟とは、老中のお声がかりによる捕物のことだ。

一瞬、龍之助の頬がゆるんだ。柳営ではきょう、南町奉行の〝即刻打ち込み〟の進言に、居ならぶ裃《かみしも》姿たちが、

『これは一つ、慎重に対処するがよろしいかと』

『せめて数日のさらなる探索のあとに』

声を出したようすが目に浮かぶ。そこへ松平定信の〝明日夕刻〟の言葉を引き出すのが、山村良旺にとっては精一杯のことだったろう。それらのやり取りから、蚊帳《かや》の外に置かれた新任の北町奉行・初鹿野信興は、ずいぶん悔しい思いをしたことであろう。奉行所に戻り、

(なんとか巻き返しを)

思ったかもしれない。

老中と膝詰めのあと、身に覚えのある大目付や目付たちは下城するなり、いまごろあしたにそなえ証拠隠滅に奔走しているはずだ。

(そうはさせるか)

龍之助が不敵に頬をゆるめたのは、このことだった。

「鬼頭さま」

呼びかけるように、平野家の下男が奉行所の小者のあとをつないだ。

「おっ、そうだ。平野さまから、なにか」

「いえ。日本橋向こうの室町から直接走って参りました」

「えっ、室町から」

平野はきょうの事態を予測し、下男を日本橋北詰めに出していたようだ。しかも、事態は直接神明町に行っている鬼頭へ知らせよ……と。室町の茶店むらさき屋が、南町隠密同心のつなぎの場であることを平野は知っており、そこが室町屋本舗に近いことから目串をつけていたようだ。

「はい。あるじに言われ、茶店のむらさき屋を張っておりました。南町の飯岡市兵衛さまがお入りになり、そのあとすぐ捕方が数人むらさき屋に入り、そのまま出て参りませぬ。そこでわしはこれ以上待てないと判断し、こちらへ走ったのでございます」

「うむ。それでよい」

龍之助は頷き、

「あはは、あはははは」

声を上げて笑いだした。飯岡市兵衛も、龍之助とまったくおなじことを考えていたのだ。異なるところといえば、北町では龍之助のうしろ盾が与力であるのに対し、南町では奉行そのものがあと押しをしていると推測できる点だ。

「旦那さま？　捕方のお人ら、下知を待っておいでじゃあ」

鬼頭家下男の茂市が龍之助の顔をのぞき込むように言った。

「おぉ、そうだった。いざ、打ち込むぞっ」

「おーっ」

捕方たちが一斉に鯨波《げいは》を上げたのだから、おもての縁台に腰かけていたお店《たな》のご新造風の女が一人、

「わっ」

口に運んだ湯飲みを落とし、縁台からずり落ちた。

「えぇえ」

街道を歩いていた者も驚き、足をとめた。

そこへ、長尺十手を手にした捕物装束の同心を先頭に十五人もの捕方が六尺棒に刺股、突棒を手に手に飛び出してきたのだから、

「きゃーっ」

「な、なんなの！」

縁台の女たちは悲鳴を上げて飛びのき、ずり落ちた女は尻を地につけたまま脇へ身

を寄せた。

一群は街道を南へ走った。金杉橋の方向だ。街道の往来人はもちろん荷馬も大八車も町駕籠まで、

「なんだ、これは！」

「どこへ捕物だあ！」

一瞬、動きをとめる。

それを見送った左源太は、

「おう、ちょうどいい。おめえさんらも来てくんねえ」

使番に来た北町奉行所の小者と平野家の下男をうながし、

「さあ、急ぎやすぜ」

一群のあとを追うように茶店紅亭を出た。別の仕事が、左源太にはあるのだ。

五

本門前一丁目の花霞に出張《でば》っていた平野家の中間二人は、走り込んできた一ノ矢の若い衆から、

「——鬼頭の旦那が、やれ！　と」

聞かされるなり、

「よし！」

即座に本門前二丁目の二ノ源の住処《すみか》に打ち込んでいた。背後には若い衆を引き連れた一ノ矢がつづいていた。

二ノ源にすれば突然のことだ。玄関口で狼狽《ろうばい》し、

「な、なんなんでえ、てめえらは！」

相手は十手を構えているが、紺看板に梵天帯の中間姿だ。だからいっそう不気味でもある。

(隠密同心！)

二ノ源もその若い衆らも瞬時思ったことであろう。

平野家の中間二人は十手をかざし言った。

「ここの者、抜荷の疑いこれあり。家捜《やさが》しするぞ」

「神妙に控えよっ」

玄関の板敷きへ草鞋の紐をきつく結んだままの足で踏み込んだ。

「なんでえ、土足で！　てめえらの来るところじゃねえぜ、ここいらはよう」

二ノ源は若い衆を背後に一歩踏み出し中間二人の前に立ちはだかったが、体を張るまでの勢いは示せない。これが夜ならお家芸である、

（秘かに処理）

もできよう。

だがいまは昼間だ。玄関の外には早くも野次馬が集まっている。お家芸のできる状態ではすでにない。しかも対手は、十手をかざした〝隠密同心〟ではないか。二人は言った。

「おめえら、お上に盾突く気かいっ」

「ご禁制の品がありゃあ、てめえら死罪だぜっ」

威勢がいい。

「い、い、いってえ、なんだというんでえ」

二ノ源もその若い衆たちも機先を制せられ、ますます狼狽する。

「おおぉぉ」

二ノ源の背後の若い衆から、救われたような声が上がった。野次馬たちのなかに、思わぬ人物を見たのだ。

「おっ。一ノ矢の」

二ノ源も気づいた。

（助かった）

思いが籠《こ》もったような表情になった。

だがよく見ると、おもてを埋めた野次馬のほとんどが一ノ矢の若い衆で、女も一丁目の住人や仲居たちだった。二ノ源たちの顔は瞬時にして曇った。一ノ矢が動員をかけたことは明らかだ。

すかさずその動揺を埋めるように、

「おう、二ノ源の」

一ノ矢も草履《ぞうり》のまま板敷きに踏み込み、

「ここで十手を相手に騒げば、いまのご時勢だ。役人がどっと繰り出してくるぜ。その責をおめえ、どう取るつもりでえ」

「そ、そんなこと言われても……」

実際にそうなのだ。町に役人を入れないようにするのが、門前町の貸元たちの役目なのだ。そこに騒ぎを起こし、役人を呼び込むきっかけをつくったのでは、周囲の貸元たちから糾弾され、もうこの町で無頼を張って生きていくことはできない。一ノ矢は攻勢のままつづけた。

「ここは一つ穏便に行こうじゃねえか。さあ十手のお二人、好きなようになせえ。この若い衆にゃ騒がせませんぜ」

「うむ。おとなしくしておれば、俺たちも手荒なことはしねえ」

「そうとも。検《あらた》めさせてもらうぜ」

中間二人は二ノ源の若い衆らを押しのけて部屋へ踏み込み、押入れから違い棚に納《なん》戸《ど》、さらにつぎの部屋へと家捜しをはじめた。

「あ、そこはいけねえ！」

「くそーっ」

二ノ源の若い衆らで、思わずふところに手を入れる者もいた。匕首《あいくち》の柄をつかんだのだ。

「おっと、刃物はいけねえぜ。さあ、十手のお人。早う用をすませ、さっさとこの町から出ていってくだせえ」

若い衆の前に立ち、十手の中間二人に声をかけたのは一ノ矢の代貸だった。

「ううぅっ」

二ノ源もその若い衆らも呻《うめ》くばかりである。完全に機先を制せられている。代貸の背後には一ノ矢の若い衆らがつづき、二ノ源には一ノ矢がぴたりとつき、

「ご禁制の品よ、噂は聞いちゃいるが十手のお人らが言ったとおり出てきたなら、ちょいと事だぜ。ここは二ノ源の、騒がねえほうがいいぜ」

「ううっ」

狐目の二ノ源はまた呻いた。

家捜しは、奥へと入っていく。一ノ矢の代貸が、ありそうなところへ中間二人を巧みに誘導している。

だからといって、事なく進んでいるのではない。いずれも極度に緊張している。一人でも跳ね上がり者がいたなら、そこは即座に流血の場となる。そうなって不利なのは、二ノ源のほうであるのもまた明らかだ。

おもてには本物の野次馬が集まりかけている。

屋内では、

「おっ、こいつは?」

阿片の粉が、神棚の裏から出てきた。さらにギヤマンの容器に入った赤い酒にギヤマンのグラスも……隠してはいなかった。二ノ源はこの町なら安心と、驕《おご》りというか用心に欠けていたようだ。だから、抜荷の葡萄酒ばかりか阿片にまで手を出したのだろう。

（ギヤマンや蠟燭だけならまだしも、超えてはならねえ線を超えやがって）

見守る一ノ矢の胸中には、腹立たしさが込み上げていた。

「ここの頭《あたま》は、二ノ源とか言ったなあ。ちょいと来てもらうぜ」

「ま、近くの自身番だ。大番屋じゃないから安心しろ」

十手の二人は言い、

「二ノ源の。ここはおとなしく従ったほうがいい。抗《あらが》えばこの町全体が、役人に押さえられちまうぜ」

「ううっ」

門前町を棲み分けている貸元にとって、これほど胸に刺さる言葉はない。

玄関にどよめきが起こった。十手をかざした中間姿二人のあとに二ノ源とその代貸が随《したが》い、そのうしろには見守るように一ノ矢とその若い衆らがつづいて出てきたのだ。

一ノ矢の若い衆らは、数人が風呂敷包みを抱えている。押収した品だ。一行のうしろには、ぞろぞろと二ノ源の若い衆が心配げにつづいている。

二ノ源もその代貸も、縄はかけられていない。ただ、十手の中間姿につづいて歩いている。一ノ矢がそうさせたのだ。縄をかけたなら、衆目からは一ノ矢が役人に加担したように見える。これは門前町に無頼を張る者にとって、断じて避けねばならないことだ。ただ歩いているだけなら、一ノ矢は二ノ源につき添っているようにしか見えない。

「さすが一ノ矢の親分、情けのある人だぜ」

衆目は思うことであろう。

しかし、見る者が見れば、そこに一触即発の緊張の糸が張られているのに気づくだろう。一ノ矢の若い衆らは、背後から飛びかかってくる者を警戒しながら歩を進めているのだ。

大門の大通りに出た。人通りは多い。増上寺への参詣人や行商人、それに大道芸の者たちが、この奇妙な一行に驚いたように道を開ける。一行は街道のほうへ向かい、うしろには本物の野次馬がつづいている。そこには、大松の若い衆を引き連れた伊三次の顔もあった。二ノ源の若い衆から跳ね上がり者が出たなら、すぐさま飛び込んで引き分ける用意のためだ。

さらに野次馬たちのなかには、二ノ源から禁制品をまわしてもらっていた料亭の女将やあるじたちの、心配そうな顔も見える。当然であろう。事態の進捗によっては、自分たちも手がうしろにまわるのだ。阿片に手を染めた者なら……死罪。顔が蒼ざめ、引きつっている者もいる。

大門の大通りが街道と交差している地点に出た。界隈でもひときわにぎやかなところだ。そこはもう、増上寺門前の貸元たちが棲み分ける縄張の外だ。

「まあ、門前町のほうからだわ？」

「なんでえ。さっきのとは違う方向からだぜ」

街道の両脇から声が上がった。

さきほど街道は、龍之助を先頭に捕方たちが駈けていったばかりなのだ。その緊張がまだ残っており、いまも南のほうを背伸びして見ている者もいる。

街道から枝道に入った。

「さあ、着いたぜ」

中間の一人が言い、

「おっ。ご苦労さまでございやす。待っておりやした」

と、腰高障子を開け中から出てきたのは、これまた十手をかざした職人姿の左源太だった。浜松町の自身番だ。迎え入れのため、左源太が十手をかざし、奉行所の小者と平野家の下男を連れ、先に出向いていたのだ。

「さあ。入ってもらおうか」

中間の一人が自身番の中を手で示し、もう一人の中間が鄭重に二ノ源とその代貸の背を押し、抜荷の品も中に運び込まれた。左源太は一ノ矢と伊三次の二人と目で合図を交わすと中に戻り、〝浜松町一丁目　自身番〟と大書された腰高障子をピシャリと閉めた。

外では、

「さあさあ、あとは浜松町に任せ、みなさんお引き取りくだせえ」

伊三次と一ノ矢が野次馬たちを押し返す仕草をし、大松一家と一ノ矢の若い衆が自身番の前を固めた。ついて来た二ノ源の若い衆はそばにも寄れない。対峙するかたちになったが、すでにそこは双方とも縄張りの外である。まして他所の町の自身番に押し込むなどできることではない。ここで騒いだとしても、対手が大松一家と一ノ矢が合力していたのでは勝ち目はない。ただ、外の往還で、

「ううう」

唸るばかりだ。

中では、浜松町一丁目の町役たちは左源太から理由《わけ》は聞かされていたが、まだ事態が呑み込めない。それらの心配と訝《いぶか》りを合わせたような表情の前で、

「さあ。お二人さん、上がりなせえ」

左源太が狐目でふてくされた表情の二ノ源とその代貸を畳の間に上げ、さらに奥の

板敷きの間へいざなった。そこは、町で不審な者を見かけたり暴れたりしている者を捕まえ、奉行所から役人が駈けつけるまで暫時留置しておくための部屋だ。

「なんでえ。一ノ矢は来ねえのかい」

狐目の二ノ源がふてくされて言うなり、

「野郎！　一人前の口をきくねえっ」

左源太はその首筋を十手で思い切り打ちつけ、

「うぐっ」

二ノ源は驚いたように呻《うめ》き、さらに中間の一人も十手で代貸の額を、

「うわっ」

叩きつけ、使番に来た奉行所の小者と平野家の下男も一斉に二人へ飛びかかり、たちまち縄をかけ、その縄尻を柱の鉄鐶《てつかん》につないだ。

「な、な、なにしやがるんでえ」

「離せ、離しやがれっ」

縛られ繋がれたまま悪態をつく二人に左源太は、

「てめえら、往生際が悪いぜっ」

すでに若い衆たちと引き離している。十手でまた首筋を打ち据えた。

「町役の人！　北町奉行所にお知らせをっ」

「は、はい」

左源太の声に畳部屋の町役たちは返した。

二ノ源とその代貸は、もはや囚人扱いとなっている。町役の一人が、なおも緊迫をつづける〝野次馬〟たちのあいだをすり抜け、街道を北へ走った。

板敷きの間の中間二人は、十手を手にしたままそっと廊下に出た。

「ふーっ」

大きく息を吸い、そろってその場に崩れ落ちた。極度の緊張から、ようやく解放されたのだ。大松一家や一ノ矢の背景があったからこそ、十手をかざしての大芝居が打てたのだ。

大松の若い衆が一人、神明町に走り弥五郎に首尾を伝えた。

「ほーう」

弥五郎も大きく安堵の息をついた。二ノ源の縄張内《しまうち》か大門の大通りか、それとも浜松町の自身番か、いずれかで騒ぎが起こればすぐさま駈けつけるべく第二陣の若い衆をまとめ、待機していたのだ。その場で弥五郎は、

「よし、金杉橋だ。行けっ」

「へいっ」

若い衆に命じ、一家の者だけではなく神明町の町内からかき集めた者も合わせ、十人を超す人数が大松一家の住処を飛び出た。

この策は、割烹紅亭で大松の弥五郎と一ノ矢が話し合い、練ったものだった。そこにひねり出された案に、

「――いいだろう。うまくやってくれ」

応じ、きょうの捕物の一環に組み込んだのは、さすが無頼の仕組を知る龍之助ならではのことだった。

六

龍之助を先頭に走る捕方の一群に、

「きゃーっ」

「なに、なになに！」

街道の者は一様に驚き、道を開けていた。神明町から金杉橋までの、四丁半（およそ五百米）ばかりの道のりに、

「打ち込み!?　どこだっ」

「おぉ。刺股に突棒まで走ってるぜ！」

野次馬がうしろから走っても、噂が前を行くことはない。

金杉橋に捕方たちの足音が響いた。渡れば金杉通り一丁目である。甲州屋とおなじように、室町屋芝も北方向への枝道を入ったところに暖簾を出している。

「な、なんなんだ！」

「こ、これは、いったい!?」

玄関口を塞いだ捕方の一群に、室町屋芝の番頭も手代もたちまち蒼ざめ、震える身でおもてに飛び出てきた。枝道にはすでに野次馬が群れている。近所のおかみさんもおれば風呂敷包みを背にした行商人、仕事途中の職人もいる。そこに、

「増上寺門前町にご禁制の品が出たぁっ。聞けばここの献残屋の品という。よって店の者全員召捕り、家捜しをするうっ」

龍之助の大音声《だいおんじょう》が響き、

「かかれ！」

「おーっ」

対手に有無も言わせぬ号令一下、突棒や刺股に六尺棒が番頭に手代、小僧に奥の女

中にまで打ちかかり、逃げようとする者は打ち据え、罵声と叫喚のなかにつぎつぎと縛りあげていった。裏の勝手口にも、

「わっ」

「逃がさんぞっ」

突棒と六尺棒が待ち構えていた。

この時点で、龍之助に本門前二丁目のようすはまだ入っていない。割烹紅亭で打ち合わせたとおり、〝ご禁制の品が出た〟は、まったくのはったりである。一ノ矢への信頼がなければ、こうも堂々と浴びせられるものではない。

「よしっ。あとの家捜し、任せたぞっ」

ほぼ全員に縄をかけたのを見とどけると、龍之助は五人を室町屋芝に残し、

「行くぞぉ」

十人を引き連れ、外に飛び出した。

「おおぉぉ」

往還を埋めた野次馬たちは声とともに後ずさった。

金杉橋の北詰で、ちょっとした騒ぎがあった。橋の北詰から新堀川に沿って海辺の

東へ下れば新網町で、この界隈でひときわ大きな店構えが廻船問屋の大島屋だ。

金杉通りのほうから橋を走り渡った半纏《はんてん》の男がいた。欄干にもたれかかり、川面を見つめていたお甲はふり返った。お甲の両脇を大柄の男が固めていたが、その者たちも一緒にふり返った。弥五郎が選んだ大松一家の若い衆だ。新堀川を舟で下り、大島屋へ急を告げようとする者がおれば、大男二人が盾となって往来人からお甲を隠し、櫓漕《ろこ》ぎに手裏剣を打ち込む算段だったのだ。

来た。派手なうぐいす色の半纏の男、背には丸に大の字が黒く染め抜かれている。大島屋の半纏だ。しかも一人、流れに沿って大慌てのようすで櫓を漕いでいる。

「よし、お甲さん」

「はいっ」

お甲が帯に挟んだ手裏剣を取り出し、構えたときだった。

橋板に大きな足音が響いた。おなじうぐいす色の半纏の男が走り込んできたのだ。

「野郎！」

大松の若い衆がつかまえようとうぐいす色の半纏に向かった。

「あぁあ」

避けようとした町娘がお甲の背にぶつかり、

「あっ」

お甲は均衡を崩し、手の手裏剣を素早くたもとに隠した。舟は速い。橋の下に入り見えなくなった。反対側の欄干に走れば目立つだけで、盾なしで打ち込めるものではない。

大松一家の若い衆二人は、舟の男より橋を走り渡ったうぐいす色の半纏を追った。走りながら手裏剣は打てない。お甲は出番を失った。

「待ちやがれ！」

大松の若い衆二人はうぐいす色を追った。だが、すでに距離を開けられている。

「おぉお！　捕まえろっ」

と、北方向から走り込んできた一群があった。神明町から走ってきた大松の第二陣の若い衆と町の若い者たちだった。川沿いの往還に入ったところで、うぐいす色の半纏に飛びかかり取り押さえた。

そこへまた橋の反対側の南方向から走り込んできた一群があった。十人ほどだ。

「おぉお」

「きゃー」

橋に騒ぎが起こり、

「おっとっと」

大八車も欄干のほうへ避ける。

室町屋芝から大島屋に走る捕方の一群だ。先頭はむろん長尺十手の龍之助である。

お甲が両脇に寄った往来人のなかから裾を乱し飛び出した。

「旦那！　大島屋の小舟が一艘、下流へ」

「行ったか」

「はいっ」

「よしっ」

一群は橋を走り抜けた。川沿いに下流へ曲がれば、

「おおぉぉ、旦那！」

「おう。そいつ、捕まえたか」

「へいっ」

大松の若い衆が返す。

「よし。そやつ、そのまま大島屋へ引いてこい。おめえら二手に分かれ、一方は室町屋芝にっ。片方はついて来いっ」

「へいーっ」

言われた一群はすでにその算段を聞かされている。即座に二手に分かれ、走った。第二陣として打ち込むのではない。玄関前に陣取り、中から逃げ出してくる者がおれば殴りつけて中へ追い返し、さらに集った野次馬たちを、

「おう、なんでもねえ。散れ、散れ」

現場が混乱しないように押し返すのだ。

金杉橋から海岸近くの大島屋まで二丁（およそ二百米）足らずだ。

「着くなり即打ち込むぞ。男も女もすべて縄をかけろーっ」

「おーっ」

捕方たちは走った。

大島屋の玄関前だ。

「かかれーっ」

驚き飛び出してきた手代を捕方の一人が、

「うわーっ」

刺股で突き飛ばし、仰向けに転倒したのへ、

「縄だっ」

「へいっ」

一群はさらに数人を突き飛ばし、六尺棒を打ち込み、縄をかけていく。突然のことに店の者は悲鳴とともに逃げまどう。

「奥へ進め。舟寄場《ふなよせば》だ！」

「おーうっ」

廊下を、また部屋から襖を蹴破り進む。

大島屋の裏手は新堀川に面し、専用の舟寄場があって石畳と石段が組まれている。千石船ともいわれる大きな帆を一張り立てた弁才船《べんざいせん》が沖合に泊まり、荷はそこから櫓漕ぎの荷舟に乗せ、川や堀割の舟寄場に運ばれる。

龍之助は飯岡市兵衛の探索から大島屋と室町本舗のつながりを知ったとき、とっさに脳裡へ走ったのはこの水運のながれだった。

(荷は弁才船から荷舟で直接室町屋芝へ)

だから手証の品を押さえるため、大島屋よりさきに室町屋芝へ打ち込んだのだ。

龍之助は背後に怒号と叫喚、悲鳴を聞きながら、捕方二人を連れ襖や板戸を幾度も蹴破り、裏手の舟寄場へ出た。

「むむっ」

歯ぎしりをした。荷舟がいま石畳を離れたところだった。さきほど金杉橋でお甲が見逃した舟だ。

「待ちやがれ！」

突棒を持った捕方が飛び移ろうと石畳から跳んだが一歩及ばなかった。

――バシャーン
川面に落ち派手に水音を立てた。

「大丈夫か」

もう一人が手を延べ水から引き上げた。

荷舟は沖合に向かい、みるみる小さくなる。

だが龍之助は慥《しか》と見て、人相を確かめていた。三人だった。いずれもうぐいす色の半纏をつけ、陽に焼けた面《つら》だった。

(弁才船の水夫《かこ》)

とっさに判断した。

同時に、

(新堀川を押さえていなかった)

ことが悔やまれた。

だがそれは、

（定町廻りの途中、とっさに）

のかたちを取らなければならなかった環境から人数に制限があり、所詮《しょせん》無理な話だったのだ。

陽はすでに落ちかけていた。

「おい、おまえたち！　浜に走り、あの荷舟がどの船に逃げ込むか確かめろ」

「はいっ」

二人は川沿いに河口へ走った。一人はずぶ濡れのままである。

龍之助はそれを見送り、

「ようしっ」

みずからに気合いをかけ、なおも聞こえる怒声と罵声と悲鳴、器物の破壊音のなかに飛び込んだ。すでに家捜しが始まっていた。

「お、お役人！　い、いったい、これはなんなんでございますか！」

うしろ手に縛られた大島屋のあるじ藤十郎が、龍之助の前に引き据えられた。

「うるせえ！」

「うぎゃ」

長尺十手で龍之助は大島屋藤十郎の顔面を殴りつけた。

藤十郎は悲鳴を上げ、あとは痛さで声も出ない。

「さっき水夫《かこ》が三人、荷舟で逃げだしやがった。どの船に逃げ込むか確かめりゃ、その船も押さえ、積荷を調べるのが楽しみだぜ」

「ううっ」

大島屋藤十郎は呻き、顔色が変わった。

（なにか積んでやがる）

とっさに龍之助は判断した。

「捕えた者は一カ所に集めろーっ」

必死に抗《あらが》っている者もいるのか、まだつづく破壊音と怒声のなかに、龍之助は大声を投げた。灰神楽《はいかぐら》の舞っている部屋もある。

「鬼頭さまっ」

六尺棒の捕方が一人、龍之助の前に走り出た。

「どうしたあっ」

「はい。おもてに応援がっ。与力の平野さまですうっ」

「なにっ」

龍之助は器物の散乱するなかをおもてに走った。

「おおぉ、鬼頭。お奉行の下知じゃ。すぐに打ち込めとな。町の者も動員、見事だ」

龍之助が往還に飛び出るなり捕物装束の平野は言い、手を示したほうを見ると、大松の若い衆がうぐいす色の半纏の男を二人、押さえ込んでいた。さっきの路上で押さえた者とはまた別口だった。

「へえ、中から飛び出て来やしたもんで」

若い衆は言う。

平野の背後に捕方が二十人ほど、差配は龍之助の同僚の同心二人だった。

「おゝ、これは！」

「鬼頭さん。知りませんでしたぞ」

「すまぬ。つい、こうなってしまいっ」

「室町屋芝にも佐々木さんが十人ほど引き連れ」

同僚二人は言う。佐々木も同僚の同心だ。

「おまえたち、鬼頭を助《す》けよ」

「はい」

「打ち込め！」

「おーっ」

平野の下知に同僚二人は捕方たちを差配し、屋内に飛び込んだ。二番煎じだが、これで奉行所の正式な下知として、堂々と店の者を捕え、品も押さえることができる。

玄関口には平野与力と龍之助だけとなった。

「ふふふ。南町もおめえとまったくおなじことをやりやがったぞ」

「えっ。それでは室町も！」

「そうさ。隠密の飯岡市兵衛がわずかの捕方を連れて打ち込み、そのあとすぐ奉行所から与力に定町廻りの同心数名が手勢を引き連れ、日本橋を走り渡ったとよ」

「あっ。南は今月……」

龍之助はいまさらながらに気がついた。今月の月番は北で南は非番なのだ。

平野は察したように、

「なあに。飯岡には以前からの案件で、追跡中とっさにと名分が立たあ。だから南のお奉行も出役《しゅつやく》を下知されたのよ」

「はっ。さようで」

龍之助は安堵した。これで飯岡の〝越権〟が両奉行所のあいだで問題になることはない。

「それよりも平野さま。荷舟で逃げた者が三人おりましたが、いずれの弁才船に向かうか突きとめれば、船の積荷も」

「抜かりはない。お奉行は船手《ふなて》奉行にも出役を要請なされた。船手同心が沖合に大島屋の船がいるかどうか、調べるだろうよ」

「あゝ」

龍之助は安堵した。三人のうぐいす色の半纏の水夫が沖合に漕ぎ出したということは、確実に大島屋の弁才船が泊まっており、それだけでも積荷に禁制品がある手証となるだろう。

だが、海上では異変が起きていた。

さすが抜荷を扱っているとあっては、警戒心は強かったのだろう。新堀川の沖合に数隻の弁才船が停泊している。帆をおろし、いずれが大島屋の持ち船か判《わか》らない。新堀川の河口から荷舟が一艘、猛然と櫓を漕ぎ近づいてくる。大きく手を振りなにやら叫んでいる。大島屋の弁才船は、それによって地上での異変を察知し慌てたようだ。三人の水夫を船に引き上げるなり帆を張った。丸に大の字の印《しるし》は、かねて用意があったのか布がかぶせられ見えない。船手奉行所の舟が新堀川の河口付近に達したとき、大島屋の弁才船はすでに見えなくなっていた。

暮れかけている。

平野与力の差配で、打ち込みの処理は粛々と進んでいる。

新網町も金杉通り一丁目からも大松一家の手の者は引き揚げ、代わりに奉行所の高張提灯が掲げられ、そのまま大島屋と室町屋芝の商舗が詮議の場となった。

近くの町の町役たちは胸を撫で下ろしていた。町の自身番が詮議の場となり警備に町の住人を動員し、さらに役人の接待もせずにすんだのだ。

浜松町の自身番に縛られていた二ノ源とその代貸の身柄も、縄をかけたまま大島屋に移された。

新網町と金杉通り一丁目のあいだを、龍之助たち同心は幾度も往復した。量は少なかったが、金銀の細工物、簪《かんざし》に使うサンゴ玉、高麗人参、さらに阿片も出てきて、一部屋に集められている。詮議は夜通しおこなわれることだろう。

室町の室町屋本舗でも、おなじ展開となっているはずだ。


もう一カ所、外濠幸橋御門内の松平屋敷である。急遽柳営で定めた明日を待たず、〝突発的な必要性〟から南北両町奉行所が三カ所に打ち込みをかけたとの知らせは入っている。

中奥の部屋に、次席家老の犬垣伝左衛門《いぬがきでんざえもん》と足軽大番頭の加勢充次郎が、定信の前に畏《かしこ》まっていた。面長に鼻筋が通って頰がこけ、生真面目と神経質が同居したような定信の顔相のこめかみがヒクヒクと動いている。

「正直に申せ。飯岡市兵衛なる南町の隠密同心への役中頼みに、高麗人参を添えたのじゃな。その品は甲州屋なる献残屋がそろえ、いずれで購《あがな》ったか分からぬと申すのじゃな」

行灯《あんどん》の薄明かりの部屋に、甲高《かんだか》い定信の声がながれる。

「御意《ぎょい》」

犬垣伝左衛門が応えた。飯岡家の事情を調べたのは加勢充次郎で、

「――ならば、添え物は高麗人参がよかろう」

命じたのは犬垣伝左衛門である。

定信はさらに言った。

「もし、その品が室町本舗なる献残屋と関わりがあり、しかも抜荷の品であったことが判明したならなんとする」

高麗人参一株といえど、小さな問題ではない。南北いずれかの奉行所の詮議でそれが室町本舗から出たもので、しかも〝抜荷の品〟と明らかになれば、ご政道の権威に関わる問題へと発展しかねない。加勢充次郎が甲州屋で、飯岡市兵衛に急遽の談合を

申し込んだのは、この高麗人参のことだったのかもしれない。だが加勢は、飯岡と事前に談合することはできなかった。

「…………」

「なんとする」

「…………」

「応えよ」

「はっ。……この役中頼み、なかったことに……」

加勢充次郎が口の中でもごもご言うように応え、

「できるのか」

「さ、さように……できまする」

犬垣伝左衛門も応え、加勢充次郎と目を合わせ、かすかに頷きを交わした。

「ふむ。さようにいたせ」

定信は下知した。

三　一罰百戒

一

夜が明けた。

住人たちのヒソヒソ話は再開された。

昨夜、大島屋と室町屋芝の店先を埋めていた野次馬たちは、町々の木戸が閉まる夜四ツ（およそ午後十時）ごろには引き揚げたものの、西の空が白みはじめると、待っていたようにふたたび集まってきていた。しじみ売りや納豆売りに豆腐屋など、朝商いの棒手振《ぼてふり》たちまで足をとめ、それら野次馬のなかに加わっている。

「おぉ、明け六ツだ」

声が上がった。日の出だ。それぞれの店先に集まった住人や棒手振たちは、なにかを期待している。

大島屋でも室町屋芝でも、玄関先に掲げられていた高張提灯《たかはりちょうちん》の火が消され、屋内の動きはじめたのが外からも感じられる。

新網町と金杉通りの町役《ちょうやく》が大島屋の商舗《みせ》に呼ばれた。

商舗の前を埋める野次馬たちの期待は高まる。

「おおぉぉぉ」

声が上がった。

出てきたのだ。

平野与力を先頭に、龍之助《たつのすけ》たち同心がつづき、捕方が縄尻を取り、その周囲を六尺棒や刺股が固め、最後尾には手証《てしょう》の荷を積んだ大八車が随《したが》い、その周囲もまた捕方《とりかた》が固めている。

「歩け！」

縄目をかけられ、六尺棒に小突かれながら顔面蒼白でうなだれ、力の抜けた歩を進めているのは、きのうまで風を切って町を歩いていた大島屋藤十郎に番頭、手代など五人に、室町屋芝の番頭と手代、それに昨夜浜松町の自身番から大島屋に身柄を移された増上寺本門前二丁目の二ノ源とその代貸だった。

屋内から出てきた町役が、野次馬たちに言った。いずれも町内の顔見知りだ。

「残っているお店《たな》の人ら、飯炊きの婆さんから荷揚げ人足に小僧さんまでみんな、しばらく町内預かりだ」

「えぇえ！」

住人らは声を上げた。町の費消《ひしょう》がかさむ。

「いやいや。捕方のお人たちがずっと詰めてくださる。町から人を出す必要はない」

町役は言ったものの、やはり住人たちに負担はかかる。

「大島屋め、そんなことをやってやがったのか」

「まったく、迷惑ねえ」

町内の男や女たちは言う。〝そんなこと〟とは、もちろん抜荷だ。噂はすでに町々を駈けめぐっている。

きのうまでは有力な町役の一人として自身番を支えていた大島屋は、きょうからは町の厄介者以外のなにものでもない。住人らはいまいましそうに、数人の捕方が残る大島屋を睨んだ。中に奉公人らがいる。町内預かりとなれば、逃亡しないように町中で見張っていなければならない。それだけ気を遣《つか》わなければならないのだ。

列は金杉橋のたもとで、同心の佐々木が差配する室町屋芝からの一行と合流した。

平野与力も鬼頭《きとう》龍之助ら同心たち、それに捕方たちも一様に疲れた顔になっている。家捜しから始まり、帳簿調べに抜荷と思われる手証の品々を前にした詮議は、ほとんど徹夜に及んだのだ。

日の出とともに街道の一日は始まるが、きょうは沿道にいつになく出ている人影が多い。きのうの不意の打ち込みと違い、噂が先を走っているのだ。室町屋芝はともかく、大島屋の名を界隈で知らぬ者はいない。増上寺門前町に根を張る貸元まで、そこに引かれているとあってはなおさらだ。

「おーっ」

「ほんとう、大島屋の旦那じゃないの」

「あれかい、ご門前の貸元というのは」

沿道では指をさす者までいる。まさしく引かれ者だ。いずれも疲れきった表情でうなだれ、六尺棒に小突かれる姿は見る影もない。

一行は大門の大通りの前を過ぎ、神明町にさしかかった。〝茶店紅亭本舗〟の幟《のぼり》が出ている。日の出とともに神明宮への参詣人があり、この時分に茶店はいつも店を開けている。

「ならば平野さま。私はここで」

「おう、行ってこい。波風を立たせぬようにな」

「はっ」

龍之助は平野与力の声を背に一行を離れた。

大島屋藤十郎や二ノ源たちはこれから茅場町《かやばちょう》の大番屋に引かれ、詮議のうえ罪状が明らかとなれば小伝馬町の牢屋敷に送られ、さらに北か南の奉行所で裁許を受けるところとなる。だが、昨夜の迅速な打ち込みで手証の品を押さえ、さらに徹夜にわたった吟味で罪状はすでに決定的となっている。大番屋はほんのつなぎの場で、囚人たちは日を経ずして、

「――牢屋敷に送られることになろう。鬼頭、おまえは……」

「――はい。手を打たねばなりませぬ」

平野と龍之助は、昨夜行灯《あんどん》の灯りのなかで話し合っていたのだ。

「あっ、鬼頭さま！」

「おう。ちょいと奥に入るぞ」

「は、はい。奥に……」

囚人護送の列を離れ急に近づいてきた龍之助に茶汲み女は声を上げ、きのう余計なことまで言ってたしなめられたせいか、〝奥に〟待っている者の名は言わず、口をつ

ぐんだ。

「ご苦労さんにございます」

と、奥で龍之助を迎えたのは、大松の弥五郎と代貸の伊三次、それに本門前一丁目の一ノ矢とその代貸であり、さらに左源太もいた。昨夜のうちに、左源太が十手をふところに大島屋から本門前一丁目と神明町に走り、つなぎを取っていたのだ。龍之助は足を端座に組みなおそうとした一ノ矢とその代貸に、

「おう。そのままでいいぜ」

言いながら手で制し、みずからも、

「疲れたぜ」

実際に疲れた顔で胡坐《あぐら》を組んだ。

お甲は龍之助の隠密岡っ引であってみれば、おもてのこうした場には出ず、いまごろ割烹紅亭の自分の部屋で寝ていることだろう。だが荷舟に手裏剣を打ち込めず、さらにその荷舟が沖合に逃げたとあっては、

(舟寄場にあたしも駈けつけていたなら)

綱渡りをしながらでも命中させる腕があるのだ。飛び移ろうかと思うほどの至近距離なら、舟に揺れる標的でも確実に命中させていただろう。深夜につなぎをとった左

源太から舟寄場での話を聞き、お甲は悔しがったものである。

茶店紅亭の隣の部屋には、茂市が昨夜から挟箱とともに控えている。使番《つかいばん》として来た平野家の中間《ちゅうげん》二人と奉行所の小者は、昨夜のうちに大島屋に移り、捕方の一陣に加わり、いましがた一行とともに茶店の前を通り過ぎたところだ。

「すまねえなあ、朝早くに集まってもらってよ」

「なにをおっしゃいます。旦那のおかげで、増上寺の門前町が危うくなるところを、事前に掃除ができたのでございますよ」

一ノ矢が鄭重に胡坐のまま頭を下げ、代貸もそれにつづいた。しかし一ノ矢にとっては、これからが正念場なのだ。

「さあて、本門前二丁目のことだ」

「そのことでございます」

龍之助の言葉に、一ノ矢は身を乗り出し、

「あそこの若い衆は、二ノ源と代貸が縄付きで大島屋に引かれるところを見てから、ちょっとした騒ぎが起き……」

「ほお、どんな」

「事の重大さを覚《さと》ったのか、尻に帆をかけて夜中のうちに、かなりの者が逃げ出しやした。いま残っているのは、ほんのわずかでして」

「ほう。そりゃあ好都合じゃねえか」

一ノ矢が言ったのへ龍之助は返し、

「奉行所というより、柳営がどんな断を下すかまだ分からねえが、おそらく過酷なものになるのは間違《まちげ》えねえはずだ」

「斬首？」

伊三次が返したのへ龍之助は頷《うなず》き、

「空いた穴をどう埋めるかだ」

座に緊張の空気がただよった。

神明町の貸元は大松の弥五郎一人で、外部の勢力が入って来ない限り、町が乱れることはない。だが、増上寺門前町のように広いところでは、幾人もの貸元が林立し、互いにしのぎを削りあっている。そのようなところで空白地帯ができたなら、たちまち均衡が崩れ門前町全体が騒然とし、死者を出しながらいつまで抗争がつづくか計り知れない。龍之助と平野が昨夜話し合ったのは、そのことだった。

きのうの打ち込みは前触れもなく突然のことだったため、一ノ矢以外の貸元衆はまだ目立った動きを見せておらず、互いにようす見で恐々としていることであろう。それは折り込みずみで、きのう割烹紅亭で龍之助と弥五郎、一ノ矢たちが膝を交えたとき、すでに暗黙の了解はできていた。この早朝の膝詰めは、それの具体的な進め方を話すためだ。陽が昇り、周辺の貸元たちが動き出してからでは手遅れになる。

龍之助は算段を話し、

「いますぐにだ。一ノ矢の、増上寺門前町の貸元衆を、一人洩らさず石段下の紅亭に集めてくれ」

「へい。さっそく」

一ノ矢は代貸をうながし、席を立った。普段ならこの時刻、どの貸元もまだ寝ているのだが、きょうは起きて、若い者を本門前一丁目と二丁目に出し、固唾《かたず》を呑む思いでようすの推移に神経を尖らせていることだろう。これから門前町が、どうころぶか分からないのだ。

「弥五郎に伊三次もだ。石段下の紅亭で女将《おかみ》もお甲も叩き起こし、部屋を用意しておいてくれ。それからの按配、うまく頼むぞ」

「おう」

二人は一ノ矢たちにつづいた。

部屋には龍之助と左源太が残った。

隣の部屋を仕切る板戸が開き、

「旦那さま、もう帰ってもよござんすかね」

茂市は茶店の紅亭で一晩中留守居役をし、緊張していた。しかも寝る場所が違っておれば、寄る年波からそれだけでも疲れを感じる。

「おう、そうだった」

龍之助は自分がまだ打ち込み装束だったことに気づき、針金入りのはちまきにたすきをはずし、脚絆もほどいて尻端折の裾をもとに戻し、

「茂市、羽織だ」

「へえ」

茂市は挟箱から黒羽織を出し、龍之助の肩にかけると長尺十手やはちまきをまとめ、挟箱に収めた。

「左源太、おまえもだ」

「えっ」

「十手だ」

「あ、これかい」

ふところから房なしの並尺十手を出し、

「もう返すんですかい」

「そうだ。このあとの舞台なあ、十手や御用提灯をかざしたのじゃ、かえって逆効果になるぜ」

対手は増上寺門前町の貸元衆だ。そこは左源太も心得ている。

「ま、そのとおりだ。父《とっ》つぁん、ありがとうよ」

名残惜しそうに十手を挟箱の中へ戻し、龍之助も常時持っている朱房の並尺十手を袱紗《ふくさ》に入れ、ふところに収めた。

「それじゃ旦那さま。わしはこれで」

茂市は着物を尻端折に、挟箱を担いで外に出た。陽はすっかり昇り、街道は往来人に大八車が土ぼこりを上げ、町駕籠や飛脚まで走り、茶店の縁台にもお客が数人座っていた。

「おう、左源太」

「なんでえ、兄イ」

二人だけになり、言葉はかつての無頼に戻っている。それも石段下での舞台への準備だ。これから相手にするのは、現在《いま》の無頼たちなのだ。

「俺は一眠りするぞ。石段下からみんな集まったとつなぎが入れば起こしてくれ」

「へへ、そんなら俺も。昨夜はあんまり寝ていねえもんで」

龍之助が畳にごろりところがると、左源太もそれにつづいた。

板戸の部屋でうつらうつらとしはじめてすぐだった。

「鬼頭さま」

土間の廊下から茶店の老爺《おやじ》が声を入れた。

「なんでえ」

「お中間さんが鬼頭さまを訪ねておいでで」

「おっ。ここへ上げろ」

左源太が畳を這《は》って板戸から首だけ出したのへ老爺は応え、中で龍之助は上体を起こした。

昨夜、徹夜の家捜しを手伝い、さっき護送の列について茅場町まで行った平野家の中間だった。若いのに疲れた顔で、走ってきたのか荒い息をついている。

「老爺。お茶だ」

「へえ」

老爺は返し、中間はうしろ手で板戸を閉め、端座すると、

「平野の旦那《うち》からです」

「おう。聞こう」

龍之助は眠気を吹き飛ばし、身を前にかたむけた。時間からみて、中間は八丁堀の北に隣接する茅場町から走ってきたようだ。平野与力に言われ、大番屋のようすを伝えに来たのに違いない。

「わたしらが大番屋に着いたとき、すでに南町の一行はそこに入っており、引いてきたのは室町屋本舗のあるじ助一郎に番頭、手代をあわせ五人でした。いずれも縄をかけ、それを下知されたのは南町のお奉行さまだったとかで、室町屋本舗はいま南町奉行所が押さえているとのことでございます」

「なるほど、南町も俺たちとまったくおなじことをしたわけだな。で、南町《むこう》の隠密同心で飯岡市兵衛というのは一行のなかにいなかったか」

「その件について知らせるようにと」

「ほう。で?」

「はい。南町の飯岡さまはまだ室町屋本舗に残られ、取引先の帳簿調べを差配しておいでとのことです」

「ふむ」

龍之助は頷いた。南町では、奉行の山村良旺《たかあきら》の差配でさらに詳しく調べるようだ。

龍之助はドキリとした。帳簿を小口まで調べれば、

(甲州屋に高麗人参が渡ったことも)

明らかになる。

「ご苦労だった。こちらは手筈どおりに進捗《しんちょく》しておるからと。平野さまへさように伝えておいてくれ。俺は室町をちょいとのぞいてから大番屋に行く。片がつきしだい、さあ、帰《けえ》っていいぜ」

龍之助は板戸のほうを手で示した。

飯岡市兵衛はいま、自分の手で自分にまわってき高麗人参の出処を知らずに暴こうとしている。市兵衛がそこに気づけば、なんらかの処置をするだろう。だが高麗人参の数切れなど、室町屋本舗にとっては微々たるものだろう。見落とすかもしれない。気づかせるため、

(直接会い……)

とっさに思ったのだ。かといって、具体的になにをどう話すかまで算段したわけではない。

中間は返した。

「いえ。平野《うち》のあるじから、こちらにとどまって、ようすを見とどけてから戻るよう

に言われております」

「ふむ」

龍之助は頷いた。平野も増上寺門前町の進捗を心配しているようだ。

「分かった。その結論、もうすぐ出るだろうよ」

言ったところへ、

「鬼頭の旦那へ」

土間の廊下のほうから聞こえた。伊三次の声だった。

「一同、そろいやしてございます。お越しを」

役者たちがそろったようだ。早い。やはり増上寺門前町に棲み分けている貸元たちは、事態に固唾を呑んでいたようだ。そこへ一等地を仕切る一ノ矢から、

「集まってくれ」

言われ、待ってましたとばかりに腰を上げたのだろう。

「そういうことだ。おめえはここでしばらく待っていてくれ」

龍之助は平野家の中間に告げると、左源太をうながし茶店紅亭を出た。

龍之助は脳裡に念じた。

(市兵衛さん、室町屋本舗の帳簿を調べ、高麗人参に気づけば、自分でうまく処理す

ることに気づきなせえ）

念じた。

「左源太、急ぐぞ」

「へいっ」

歩を速めた。

二

待っていた。

一ノ矢の急な呼びかけで割烹紅亭の一室に集まった面々は、同心姿の龍之助に反発と戸惑いの表情になっている。

（神明町じゃ、こうしていつも役人を町に入れているのかい）

言いたそうな顔つきで大松の弥五郎に視線を向ける者もいる。座敷には弥五郎に一ノ矢は当然ながら、本門前三丁目に中門前一丁目から三丁目までの貸元衆四人がそろっている。いずれも修羅場を幾度かかいくぐって増上寺門前に貸元を張っている連中だ。一癖も二癖もありそうな面構えをしている。ときには合力しあい、ときには対立しながら日々を送っている。そこへ、かつての龍之助ならなにの違和感もないが、いまは小銀杏の髷《まげ》に黒羽織で、ふところには袱紗に包んでいるものの朱房の十手が入っている。

貸元についてきた代貸衆は、伊三次や左源太と一緒に別間にひかえ、仲居姿のお甲がお茶を淹れていた。名うての女壺振りに茶を淹れてもらうのだから、代貸たちは緊張に恐縮を重ねている。

「きょう朝早くから、本門前一丁目の矢八郎どんを通じて集まってもらったのは他でもねえ」

車座になった貸元たちの場は、地元の大松の弥五郎が仕切っていた。小柄な坊主頭に、きょうは眼光がいつになく光っている。

「こたびはやむなく俺と一ノ矢で談合し、この八丁堀の旦那も合力してくださり、二ノ源とその代貸を大門からちょいと離れた茅場町に送ることができ、増上寺のご門前で不必要な騒動が起きるのを避けることができやした」

「まったく、そのとおりだぜ」

弥五郎の言葉へ龍之助は裏書《うらがき》をするようにつなぎ、

「神明町の大松一家と本門前一丁目の一ノ矢の合力がなかったなら、いまごろ奉行所の捕方が大挙おめえさんらの町へ押しかけ、町ごと封鎖して禁制品ばかりか賭場も女郎屋も挙げているころだ。それが六尺棒を町へ一本も入れず、事なきを得たのだ」

「そりゃあ分かりやすが、二ノ源はどうなるのですかい」

言ったのは本門前三丁目の貸元だった。一ノ矢と空白となった二ノ源の縄張を挟むかたちで棲み分けている貸元だ。その動きが、いま最も注目されている。

龍之助は言った。

「ギヤマンだの赤い酒だの、そんな可愛らしいものなどどうってことはねえ。しかしなあ、阿片が出てきたんじゃ、もう申し開きはできねえ。というよりも、許せねえ。さっき引かれて行ったのを見なかったかい。二ノ源もその代貸も、死罪に獄門（さらし首）は免《まぬか》れめえよ。自業自得で、同情はできねえ」

「ううっ」

座から呻き声が洩れた。予想はしていても、直接八丁堀の口から聞けば、やはり衝撃は大きい。なかには二ノ源から少量の阿片をまわしてもらっていたか、あるいは室町屋芝から直接買いつけていた貸元もいるかもしれないのだ。

「そこでだ」

龍之助は一同を見まわし、

「大番屋ではいまごろ、二ノ源や室町屋芝への吟味が進んでいようよ。逆さ吊るしや石抱きの牢問《ろうとい》も辞さねえって勢いでなあ。俺だって阿片がからんでいるとなりゃあ、それくらいはするぜ」

「ふー」

部屋には、鎮痛な空気がながれた。

龍之助の言葉はつづいた。

「そんなときによ、町で波風を立てるのは、はなはだよろしくねえ。おめえらのなかから、石を抱いてもらう者が出ねえとも限らねえ。そこでよ、この際だ。こたびの件で合力してくれた一ノ矢に、最後まで責を負ってもらう意味で本門前二丁目を預け、神明町の大松にその見届け人となってもらうのが、町全体がいまを切り抜ける最善の策だと思うが、どうだろう」

「うううっ」

「うーむっ」

龍之助はふたたび一同を見まわし、貸元衆からは呻《うめ》きとも溜息ともつかぬ声が洩れた。無理もない。一ノ矢が増上寺門前町の一等地を仕切り、町の〝顔〟になっているとしても、その縄張が倍になることには不快感が残る。それに見届け人が大門の通りをはさんだ向かいの町とはいえ、外の者となれば……。

（大松め、これを機に増上寺へ手を伸ばそうとしているのじゃあるめえな）

疑念も湧く。

無頼の世界とは、義理だ人情だと口では言っても、仲間内に対しては常に疑心暗鬼にならなければ、おのれが蚕食《さんしょく》されるのだ。

呻きのあとの重苦しい沈黙の間合いを、一ノ矢が埋めた。

「俺はただ、増上寺の門前に騒ぎが起こらねえようにと、それだけを願っているのよ。だからこたびも、法度《はっと》を犯した二ノ源を町からつまみ出すのに、俺が役人に加担したんじゃねえ。役人を利用させてもらっただけさ」

「ふふ。こんどばかりは、俺もどうやら一ノ矢の手の平で踊っていたような気分だったぜ」

一ノ矢の言葉に、龍之助は加えた。

「滅相もござんせんぜ、鬼頭の旦那。みんなも聞いてくれ。俺はなあ、二ノ源の縄張を預かったからといって、おめえさんら兄弟《きょうでえ》たちの上に立とうなんて気は端《はな》からありゃしねえ。さっきも言ったとおり、俺たちの町に、ただ騒ぎを起こしたくねえだけなんだ」

「俺もさ」

一ノ矢の言葉に、大松の弥五郎がつないだ。

「大通りをはさんだお隣さんに騒動が起き、そのとばっちりを受けたかねえだけなんだ。これを機におめえさんらの町に口を出そうなんて気は、これっぽっちもねえ」

「お二人さん、よく言ったぜ。これでおめえら二人がすこしでものぼせ上がって余計なことをしでかし、まわりといざこざでも起こしてみろ。こんどは俺が六尺棒を何十人も連れて町に踏み込むぜ。いいかい、大松の弥五郎に一ノ矢の矢八郎」

「へえ。もちろん」

「そのお言葉、肝に銘じておきやす」

「おおぉ、ならば……」

龍之助たちのやりとりに、本門前三丁目の貸元が応じ、さらに中門前の三人も頷きを入れた。

話は成った。

龍之助は手を打ち、

「おう。女将、お甲」

二人を呼び、別間に控えていた左源太に伊三次ら代貸たちを部屋に入れた。

まだ午前中というのに酒の膳が用意された。代貸たちも加わったなかに幾度か盃《さかずき》はめぐったが、座に乱れるようすはなかった。

（よし）

龍之助は確信した。本門前三丁目や中門前の貸元たちも、町の秩序が壊れるのを恐れている。しかもこれ以外に、波風の起《た》つのを防ぐ方途がないことを、

（自覚している）

一同を見まわし、

「それじゃ俺は座をはずすぜ。左源太、ついてこい」

「へいっ」

左源太はつづいた。

「八丁堀の旦那、これからもよろしゅうお願《ねげ》えいたしやすぜ」

中門前の貸元からも言う者がいた。

龍之助は左源太を引きつれ、茶店の紅亭に急いだ。割烹紅亭での舞台は、思った以上に順調に進んだのだが、太陽はもう中天にかかろうとしている。茅場町の大番屋では、いまなお昨夜の取り調べのつづきがおこなわれ、室町屋助一郎に大島屋藤十郎たちは意識朦朧としていることだろう。

茶店紅亭の奥に入り、

「待たせたな」

板戸を開けた。

「おっ」

龍之助は声を上げた。待っている中間が二人に増えていたのだ。昨夜の中間だ。

「鬼頭さま。さっき来たばかりでございまさあ」

「平野さまから、なにか新しい伝言か」

言いながら畳に腰を下ろす龍之助に、

「へい。お城からお奉行に急な出仕の沙汰があり、平野の旦那《うち》も大番屋から急遽奉行所に戻り、同道なさいました」

「なに。また急な」

「それればかりではございません。吟味は暫時停止し、捕えた者どもはそのまま大番屋に留め置けとのお達しでございます」

「なんだと？　それで取り調べはいま……」

「おこなわれておらず、やつら牢内で死んだように寝込んでおります。このお達しは南町もおなじで。そうそう、旦那さまが特に鬼頭さまへと」

「向こうの隠密同心の飯岡市兵衛さまは、南町のお奉行のお達しで、きょうはもう八丁堀の屋敷に戻って休め、と。それで旦那からも鬼頭さまに、奉行所へ戻らなくてよいから、ここから直接八丁堀に帰って休んでおれ……と」

「ふむ。なんだ」

「旦那ア。どういうことですかい」

龍之助につづいて部屋に上がった左源太も、うしろ手で板戸を閉めながら言う。

「うーむ」

龍之助は畳に胡坐を組み、唸った。これから室町をのぞきに行っても、飯岡がいないのでは無駄足になる。

（なるほど）

龍之助は感じた。いま最も混乱しているのは、

（柳営ではないか）

昨夜のうちに、両町奉行所の捕方が老中の下知を無視し、室町屋本舗と室町屋芝、さらに大島屋に打ち込んだとの知らせが、大目付や目付の屋敷にながれたのであろう。噂はそこからまた、他の大名家や旗本屋敷にも走ったことは充分に予想される。昨夜の野次馬のなかには、そうした屋敷の奉公人も混じっていたかもしれない。それら奉

公人たちは屋敷に駈け戻り、

「──事実でございました」

報告したことだろう。両町奉行所が、柳営での取り決めを破ったことへの衝撃は、身に覚えのある幕閣や大名家、旗本にとっては大きいはずだ。なかには蒼ざめ、絶句した者もいよう。松平定信の〝潔癖症〟から、一罰百戒に供せられるかもしれない。お家断絶か、身の切腹が待っているかもしれないのだ。

各屋敷は連絡を取り合い、それぞれ逸《はや》る気持ちを抑《おさ》え夜明けを待ったことだろう。

そしてきょう、大島屋と室町屋本舗から〝罪人〟を引いた捕方たちの列が出たころ、江戸城の内濠《うちぼり》大手門の前には大目付や目付たちの権門駕籠の列がならび、あるじたちは急ぎ足で城門を入り、そこには松平定信の姿もあったことだろう。

それらは本丸中奥の書院で膝を寄せ合った。

定信は大目付や目付たちの要求を呑んだ。取り調べの即時中断と両町奉行への糾弾である。

柳営から急使が走り、南町奉行の山村良旺《たかあきら》と北町奉行の初鹿野信興《はじかののぶおき》が、ほぼ同時刻に供を随え奉行所を出た……。

龍之助には、それらの姿が目に浮かんだ。

すでに両奉行への詰問は始まっていようか。

山村良旺も初鹿野信興も、裃姿《かみしもすがた》で畏《かしこ》まっていることだろう。

『定町廻りの同心がたまたま現場を押さえ、とっさに人数を集めて踏み込み、知らせを受けてより、逃げられてはならぬと奉行所からも手勢を連れた与力を遣わしたのでございます』

南町の山村良旺の言葉は、初鹿野信興の言った〝定町廻り同心〟を、〝隠密廻り同心〟に変えただけであろう。

山村良旺と初鹿野信興は、申し合わせもしていないのに、ピタリと呼吸が合ったことに驚き、互いに顔を見合わせたかもしれない。

（ふふふ。そうしたのでございますよ、お奉行さま）

龍之助は内心、満足を覚えた。

だが、これからの展開には予測がつかない。平野与力が言うとおり、八丁堀に帰って寝ているのが一番いいのかもしれない。

「ご苦労だった。平野さまが柳営から戻られたら、さように致しますと伝えておいてくれ。さあ、左源太。おまえもつき合え」

「えっ、あっしもですかい」

八丁堀は大番屋のある茅場町に隣接し、呉服橋御門にも近い。このあと、どのような緊急の連絡事が発生するか分からない。そのときの使番だ。

「あのう、増上寺門前町の処置はいかようになりましたろうか」

早くから来て待っていた中間が口を入れた。

「おぉ。そうだった」

龍之助は上げかけた腰をもとに戻し、貸元たちの手打ちのようすを話した。

「えぇえ！　寺社の門前町で、そんなことができましたので！」

と、これには平野家の中間たちも驚いていた。

その中間たちが帰ってから、龍之助と左源太は茶店紅亭をあとに街道へ出た。さすがに疲れを覚える。昨夜は大島屋でほんのすこし仮眠をとっただけなのだ。

「兄イ。抜荷のことは、なるようになるのでやしょうが、南町の隠密同心、飯岡市兵衛さんでしたかい。このあと、どうしやす」

街道のながれに歩を進めながら、左源太は言った。この一件がかたづけば、松平屋敷から役中頼みを受けた飯岡が、隠密同心の経験を駆使し〝田沼意次の隠し子〟の探索に本腰をいれるであろうことを懸念しているのだ。

「そうさ」

「それよ」

龍之助は言ったものの、あとの言葉はなかった。

陽はすでに西の空に入っていた。

三

「おや、まあ。お早いお帰りで」

「あらら。きょうも遅くなると思い、夕餉《ゆうげ》の用意、まだでしたのに」

玄関に出迎えた茂市は言い、ウメも慌てたように、

「左源太さん。今夜はこちらですね」

言いながら台所へ急いだ。

居間に入ってくつろいだところへ、茂市が入ってきて、

「旦那さま。ついさっきでしたじゃ。飯岡さまのお嬢さま、由紀さまがまた見えましたよ」

「ほう。また高麗人参かい」

龍之助は左源太と顔を見合わせ、茂市にさりげなく問い返した。

「いいえぇ、あんな高直《こうじき》なもの。そうそういただけませんや」

「だったら由紀どの、なに用で？」

「へえ。それが、旦那さまはもうお帰りか、と。まだだと言うと、すぐお帰りになりました。なんなんでしょうねえ。ひょっとしたら、由紀さまは旦那さまに……」

「みような詮索はせんでよい。それよりまだ早いが晩めしだ。ともかく寝たい」

「へえ」

茂市は台所へ手伝いに入った。

「兄イ、あのお嬢さん。ひょっとすると兄イを……。お甲が来ていたら、一悶着起きやすぜ」

「おめえまでそんな詮索かい。それより、おかしいと思わねえかい」

「なにがで？」

「あの中間の話じゃ、飯岡市兵衛も屋敷に帰っているはずだぜ。おなじ八丁堀だ」

「あっ。そんなら、父親に言われて……まさか、松平の役中頼みの件では」

「いや。そこまでは進んでいまいよ。たぶん、神明宮の石段以来のことだ。向こうはこっちの動きを気にして、飯岡どのは由紀どのを物見《ものみ》にこっちへ出したのかもしれねえ」

「だったら、そのほうがかえって安心できやすが」

言っているところへ、夕の膳ができたようだ。ありあわせで、冷や飯のお茶漬けだったが、おかずは焼き魚に湯豆腐に具の多い味噌汁と、けっこう豪華だった。

膳を運んできたウメも言っていた。

「旦那さまア。飯岡家の由紀さま、いいお嬢さまだとあたしゃ思いますよ」

「そうかい」

龍之助は箸を動かしながら適当に応え、陽が沈む前から左源太と床をならべて寝た。蒲団が久しぶりのように感じられる。熟睡できた。


その時分、幸橋御門内の松平屋敷では、中奥の一部屋が緊迫していた。柳営から戻った松平定信が、また次席家老の犬垣伝左衛門と足軽大番頭の加勢充次郎を部屋に呼んでいた。召された二人は緊張と恐縮の態《てい》だった。

定信は吐き捨てるように言った。

「きょうは柳営でのう、不逞《ふてい》な大目付や目付どものもの言い分を呑まねばならなかった」

神経質そうな表情のこめかみが、小刻みに動いていた。

「はーっ」

犬垣伝左衛門と加勢充次郎は、ただ平伏する以外にない。室町屋本舗から押収した帳簿のなかに、〝甲州屋〟の記載はなかった。だが、破られた箇所があった。飯岡市兵衛がそこに気づいたかどうかは分からない。破いたのは、かねて松平家から役中頼みを受けていた南町奉行所の与力だった。

「——ご安堵を」

犬垣伝左衛門はそのことを与力から事前に聞かされ、柳営から戻ってきた定信に報告したのだった。帳簿からは、松平家から南町の隠密同心に届けた役中頼みに禁制品があったことは出てこない。だが、実物が飯岡家にある。

(まさかこれも抜荷の品)

気づくかもしれない……。松平家にとって、危険この上ない。

「わしはのう、ご政道を預かっているのじゃぞ」

「御意」

「いかなる些細なことにも、一点の曇りがあってもならぬ」

「はーっ」

「犬垣、なかったことにできると申したなあ」

「はっ。申し上げました」

犬垣伝左衛門は平伏したまま返した。加勢充次郎はさっきから顔も上げられず、平伏したままだ。

「そのほうら二人、わが松平家にいささかなりとも汚点を残すことは許されぬぞ。そうでなければ、不逞な幕閣や大名どもを存分に糾弾することができなくなるでのう」

「ははーっ」

犬垣伝左衛門と加勢充次郎は同時に返した。

松平定信の、二人への下知である。

退出を許され、廊下に出た。定信に、この臣下二人に腹を切らせる気はないようだ。切らせたところでどうなるものでもない。

（むしろ、うまく使ったほうが得策）

定信の脳裡は働いていた。実際に、

「――なかったことに」

催促しているのだ。

部屋を出ると、廊下の隅で犬垣伝左衛門は加勢充次郎にそっと言った。

「対手《あいて》はのう、隠密同心だ。足軽では無理だ。わしに任せておけ」

加勢は顔面蒼白になり、暗くなりかけた廊下の隅で頷いた。

四

あくる日、

「おう。きょうは俺が挟箱を担いでお供だ。父つぁんはゆっくりしていてくれや」

左源太が茂市に言い、龍之助に随い早めに北町奉行所に出仕した。

「緊急の用事があるかもしれねえ。おめえはここで昼寝でもしておれ」

龍之助は左源太を正門脇の同心詰所に待機させ、母屋の玄関を入ると廊下をいつものように同心溜りへ向かった。

「あっ、鬼頭さま。やはりお早いご出仕で」

小者がすり足で走り寄ってきた。

直感した。

(平野さまはすでに出仕され、俺を待っておいでだ)

そのとおりだった。

与力部屋に入ると、

「おう、鬼頭」

平野は端坐した龍之助に向きなおり、

「俺たちの手を離れた」

「えっ」

予想外の進捗《しんちょく》だ。一目で、平野与力の疲れ切っているのが分かる。

南北両町奉行所がほぼ同時に大番屋へ〝罪人〟を引いて行くなど、月番制で通常ではあり得ないことだ。それがあった。だが、混乱しなかった。

「互いに合力しあってなあ。これもそなたと南町の飯岡市兵衛が〝緊急〟と、筋道をつけてくれたおかげだ」

平野は言う。大番屋での取り調べは、ことのほか順調に進んでいたのだ。

だが、陽が西の空にかなり入ったころだ。龍之助が左源太と街道を八丁堀に向かっていたころになろうか。

「大目付の使番が来て、この件は柳営の評定所が扱う故《ゆえ》と、手証の品を、昨夜から俺たちが綴《つづ》った留書《とどめがき》も含め、根こそぎ持って行ってしまったわい。罪人どもの身柄は縄付きのまま小伝馬町の牢屋敷へ送り、両町のお奉行もそれらを裁可されてのう」

初鹿野信興も山村良旺も、大目付や目付たちの口角泡を飛ばしたであろう攻勢には抗し得なかったらしい。

「そのことを大番屋に伝えるため、北町奉行の使者としてお城から大目付さんたちの使番に同道したのは、この俺だ。南町の与力も一緒でのう。ついでに囚人どもの牢屋敷への護送も差配し、それに評定所は竜之口《たつのぐち》の御門外だ。北町奉行所からは目と鼻の先だろう。大目付どのから奉行所に待機しておれと命じられ、深夜に幾度か評定所に呼ばれ、まるで俺が罪人のように説明を求められたわ」

「ならば、平野さまはここで不寝番を……」

「そうなってしもうた。ま、仮眠はしたがな。それでそなたに事情を知らせることもできなんだ」

「いえ。まったくご苦労さまにございました」

平野与力の徹夜は、二日間に及んだのだ。

どこに文句を言うこともできない。大目付と目付衆の措置にも理はあるのだ。大名家や旗本が関わっていたなら、その案件は大目付や目付の管掌となる。帳簿には、そうした名が幾つも出ていたのだ。

「しかしなあ」

平野はつづけた。室町屋本舗も大島屋も〝町人〟である。評定所での結果を踏まえ、処断は町奉行所が執行することになる。

「つぎの下知を待てと、お奉行の許しが出ておる。俺はいまから帰って寝る。あとはもう評定所の結果を待つだけだ。きょうも早朝から大目付さんたち、膝詰めで帳簿に見入っていることだろうよ。せっかくそなたに不意の打ち込みをかけてもらったが、この件から離れて、ゆっくりしろ」

平野は言い終わると、

「よっこらしょ」

重そうに腰を上げた。

正門脇には平野家の下男、中間たちが馬を曳き、待っていた。

龍之助も正門まで見送りに出た。他の同心たちが出仕してくる時刻だ。それらのなかには、打ち込み後の家捜しに加わった同僚もおり、

「おぉ、鬼頭さん。ご苦労さんでしたねえ」

と、口々に言う。

北町奉行所の正門に、大捕物のあとの達成感はながれていない。むしろ、虚脱感がながれていた。数寄屋橋御門内の南町奉行所も、おそらくおなじ雰囲気だろう。

佐々木同心が下男に挟箱を担がせ、出仕してきた。

「やあ、これは鬼頭さん」

「ご苦労さんです。話、聞きました。もう終わりましたねえ」

「あゝ」

朝というのに、佐々木同心も力なく応えた。佐々木は奉行所からの第二陣として室町屋芝に入って徹夜の取り調べに尽力し、大番屋ではみずから記した留書が評定所に持って行かれるのにも立ち会っている。

「私はちょっと微行《びこう》に行ってきますよ」

「増上寺のほうですか。あそこの始末、大変でしょうなあ」

佐々木は真剣な顔になった。同心で、門前町の複雑さを知らない者はいない。

「左源太、行くぞ」

「へいっ」

正門をあとに、呉服橋御門を出た。

「さっき正門の脇で、平野さまの中間からちょいと聞きやしたが」

左源太の口調ものんびりしたものになっていた。

呉服橋御門も数寄屋橋御門も、出ればそこはもう繁華な町場だ。左源太は職人姿で挟箱を担ぎ、龍之助の一歩ななめうしろに歩を取っている。龍之助はときおり話をするのにうしろをふり返っている。

「ま、そういうことだ」

「へぇえ。当人たちに問い質すのではなく、帳簿だけでお取り調べですかい」

左源太はあきれたように言った。

そのとおりなのだ。評定所では被疑者を前に大目付に目付衆、それに町奉行が列席し詰問するのだが、おととい捕縛したのはすべて町人で、評定所の管掌ではない。

「お取り調べといっても、どこまで調べるか分からねえぞ」

「分からねえって、手証の帳簿類は根こそぎ持って行ったんじゃねえのですかい」

「そうだ。だから分からねえのだ」

龍之助はまたうしろをふり返り、左源太は首をかしげていた。

龍之助といわず、奉行所の者にはおよその見当はついていた。松平屋敷から役中頼みをもらっている南町の与力が、室町屋本舗の帳簿から〝甲州屋〟のある部分を抜き取ったように、それを評定所がやろうというのだ。

きのうの老中との膝詰めで、大目付や目付たちは、

「――これより厳重に取り締まるとなれば、こたびはその元凶となったところに厳罰を加え、まず元を断つのが肝要かと……。それを一段階とし、なお御掟法《ごじょうほう》を犯す者あらば、そのときこそ容赦なく取り締まるのが効果的かと……」

口々に進言したことであろう。

松平屋敷も、御掟法を犯している。飯岡市兵衛への高麗人参だ。些細とはいえ、定信は常人には理解できないほど、潔癖症でかつ神経質だ。龍之助はそこを充分に承知している。定信がかねてより〝田沼意次の隠し子〟の探索を命じていた次席家老の犬垣伝左衛門と足軽大番頭の加勢充次郎を、きのうも中奥の一室に召したのは、まさしくそうした性格によるものだった。

二人の足は街道に出た。横切ってまっすぐ進めば八丁堀で、南へ進めば京橋に新橋を経て宇田川町や神明町だ。

「おう、左源太」

「へい」

「おめえ、そんなもの担いでいたんじゃ身動きがとれめえ。ちょいと八丁堀に行って置いてこい。俺は甲州屋で待っているから。そこにいなきゃ茶店か割烹の紅亭だ」

「助かりまさあ。どうもこいつはじゃまで」

左源太は肩の挟箱をブルルとふった。下男よろしくそのようなものを担いでいるから、主従のように歩かねばならないのだ。

「急いで行って戻ってきまさあ」

左源太は街道を横切り、挟箱を肩に飛脚のように走りだした。

龍之助はゆっくりと街道のながれに雪駄の音を立てた。だが、気持ちには急《せ》くものがある。抜荷の一件は評定所の手に渡ったものの、龍之助にとってはまだつづいているものがある。新堀川の沖合で急に帆を上げて逃走した弁才船のことではない。いつまでも海上を漂っているわけにはいくまい。船手奉行が柳営を通じて各湊《みなと》に手配しているはずだ。

それよりも、さきほど左源太が口にした、飯岡市兵衛の手が空くことだ。

（隠密同心が役中頼みに応えようと動いたなら……）

脳裡をめぐる。

そこに加えて、

（抜荷かもしれない……）

まだ飯岡屋敷にあり、気にしながらも老母のため高麗人参を煎じて飲ませていることだろう。これほどの騒ぎになり、気づかないはずはない。

「だから松平屋敷は！」

京橋を渡っているときだった。龍之助は思わず舌頭に走らせた。橋の上で、急ぎの大八車がけたたましい車輪の音を立ててすれ違ったところだ。龍之助の異常に気づく者はいなかった。

（いかん、考えすぎは）

思えば思うほど、心ノ臓まで高鳴ってくる。

新橋を渡り、宇田川町で枝道にそれた。

陽はまだ東の空だが、すっかり高くなっている。

「あっ、鬼頭さま！」

暖簾の前で龍之助が来るのを見つけた手代が、声を上げて商舗《みせ》の中に走り込んだ。

あるじの右左次郎に知らせたのだ。その手代はまさに右左次郎に言われ、龍之助につなぎを取るため北町奉行所に行こうと暖簾を出たところだったのだ。

龍之助が暖簾をくぐるなり、

「鬼頭さまっ。以心伝心とは、このことでございましょう！」

奥から店場の板敷きに出てきて、

「さあ」

奥への廊下を手で示した。

龍之助は頷き、雪駄を脱いだ。

いつもの裏庭に面した部屋である。

腰を下ろすなり、

「けさ早く、日の出の明け六ツに城門が開くと同時に、走って来たのです。松平家の中間の岩太《いわた》さんが」

甲州屋にはすっかり馴染みの顔で左源太とも親しく、加勢充次郎についている中間である。

「加勢さまが私をお呼びだと言うのです。それも、いまから自分と一緒に屋敷に来てくれと」

「ほう」

龍之助は一膝、右左次郎ににじり寄った。高麗人参の件に違いない。松平屋敷の動向が分かるかもしれない。右左次郎も室町屋本舗からまわしてもらった高麗人参の件が心配でならない。もちろん、商舗に残っていた分は始末している。

右左次郎は岩太とともに幸橋御門に急いだ。入ればすぐ松平屋敷だ。岩太の案内で裏手の勝手口にまわった。

屋敷では中奥の部屋に加勢充次郎だけでなく、犬垣伝左衛門も待っていた。

「部屋には私を入れて三人だけでしてね」

右左次郎は言う。

「──高麗人参の件だが、南町奉行所の隠密同心にわが屋敷が役中頼みをしたことも含め、一切なかったことにしてもらいたい。帳簿からも消し去るのだ」

犬垣伝左衛門が言ったというのだ。

もちろん右左次郎には願ってもないことであり、二つ返事で応じ松平屋敷から帰るとすぐ、

「帳簿も焼却しましてね。そのことを鬼頭さまのお耳に入れておいたほうがよいかと存じ、いま手代を走らせようとしたところなのでございますよ」

「ふむ。それでいい。それでいいのですぞ」

龍之助は返し、調べがすべて評定所に移ったことを話し、

「して、前は加勢どのがここへ来て、飯岡どのとの面談を求めたということだが、こたびは？」

「はい、それなのでございます。私もいささか心配になりまして」

右左次郎はつづけた。犬垣伝左衛門も加勢充次郎も、〝南町奉行所の隠密同心〟とは言うだけで、飯岡市兵衛の名を口にすることが一切なかったというのだ。

「そこに私はなにやら不気味なものを感じまして……」

「ふーむ」

龍之助は考え込むように頷いた。

「松平さまのご依頼とはいえ、手前どもが室町屋本舗から高麗人参を調達し、それを飯岡さまのお屋敷に持ち込んだことが、なにやら飯岡さまに災いをもたらすのではないかと、それが心配になりまして」

「うーむ」

龍之助は呻《うめ》き、

「ともかくだ。手証となるものはすべて処分したならそれでよい。あとは何もせず、ただ凝《じ》っとしていることです」

「はい。手前どもも、いまはそうする以外なにも……。で、室町屋助一郎さんはどうなりましょうか」

罪人として、すでに小伝馬町の牢屋敷に移されている。

「さっきも言ったように、柳営の評定次第です。努々《ゆめゆめ》助命嘆願などなさいますな」

「えっ、助命？　ならば、死罪⁉」

「おそらく」

右左次郎はブルルと身を震わせた。

「兄イ、じゃねえ。旦那、来ているかい」

おもてに声が立った。左源太だ。

龍之助は甲州屋を出た。右左次郎は外まで出て見送った。顔が蒼ざめていた。

神明町へ向かう足取りは重かった。

左源太は挟箱を置いてきたから、龍之助と肩をならべて歩を取っている。

「兄イ。深刻な顔だが、どうかしたかい」

左源太は龍之助の異常に気づいた。

松平屋敷の動きは分かった。それはかえって、向後の事態へ懸念を倍加させるものだった。

「飯岡の市兵衛さん。身が危ないかもしれんぞ」

「えっ」

左源太は思わず足をとめた。町場である。歩きながらそれ以上の話はできない。

街道に出た。

茶店の紅亭はすぐそこだ。

「おっ。あれは」

左源太がすぐに気づいた。

「いったい？」

龍之助は首をかしげた。

茶店の縁台に、平野家の中間が座っていたのだ。龍之助と左源太を見つけると、

「あぁ、よございました！」

立ち上がり、言いながら走り寄ってくる。もうすっかり顔なじみで、今朝も奉行所の正門で龍之助や左源太と顔を合わせたばかりだ。さすがは平野家で、使える中間を置いている。

「平野家の旦那さまが、鬼頭さまに至急奉行所に戻れ、と」

「なに？　平野さまは屋敷《うち》で休んでおいでではなかったのか」

街道のながれのなかである。

「はい。そのつもりでございました。ですが、帰るとすぐ奉行所から遣いが来て、すぐ戻れ、と。それで奉行所に急ぎ、そこで鬼頭さまもすぐに、と」

「なにか火急のことでも出来《しゅったい》したのか」

「そのようでございます。したが、詳細は知りませぬ」

「ふむ。左源太。来い」

「へいっ」

龍之助と左源太は、中間に先導されるように街道をとって返した。

五

街道のながれのなかに、

「へへ、旦那ア。嬉しいですぜ」

急ぎ足の歩に合わせ、左源太は言う。本当なら〝兄イ〟と呼びたいところだが、平野家の中間が一緒ではそうもいかない。

「なにがだ」

「お甲のやつめ。きっと妬《や》いてやがりますぜ」

左源太は意気軒昂だ。お甲抜きで、岡っ引の役務を泊まりがけで務めている。

陽は高くなっているが、まだ中天には入っていない。

「きょうもこのあと、お甲よりもおめえにまた一働きしてもらうことになるかもしれねえぜ」

「へへ。また十手を持たせてもらえりゃ、ありがてえんですがね」

「急げと言われておりますので」

肩をならべ、話をしながら歩を進めている二人を、平野家の中間は急かした。

歩を速め、いかなる〝事態急変〟か訊いた。

「奉行所から帰ったあと、すぐお使者が八丁堀に来て、あっしは奉行所のほうへは行っておりませんので」

中間はふり返り、言った。

（新たな打ち込み）

龍之助は推測した。だから、左源太に〝また一働き〟と言ったのだ。

しかし事態は、そのような生易しいものではなかった。

呉服橋御門を入ると、広場のような往還の向かいに北町奉行所の正門が見える。

「うっ」

龍之助は唸り、左源太だけでなく平野家の中間までが、

「これは！」

声に出した。門前に六尺棒の捕方がたむろし、同僚の同心たちが出る者もおれば入る者もいる。大挙打ち込みの出役でも、これほどの慌しさは見られない。

「あぁあ、鬼頭さん。お手柄ですなあ。早々に決着のようですぞ」

同僚の一人が駈け寄ってきた。

「決着。なにがですか」

「なにがって、抜荷ですよ。いまからお白洲が」

「えぇえ！」

これには龍之助も左源太も、さらに平野家の中間も仰天した。きのうの朝、大番屋に引き、その日の内に全員小伝馬町の牢屋敷に送っただけでも異例なのだ。それがきょうお白洲とは……。

（速すぎる）

思ったのは龍之助ばかりではない。奉行所全体が感じているはずだ。だから正門を見ただけで、慌しさが感じられたのだろう。門内に入った。さらに混乱している。

「左源太、同心詰所に控えておれ」

「へいっ」

平野与力を找《さが》すまでもなく、状況はすぐに分かった。きのう茅場町の大番屋から小伝馬町の牢屋敷に送られた者たちが、いまつぎつぎと奉行所に護送され、お白洲の背後にある公事人溜《くじにんだま》りに入れられていたのだ。

奉行所への出入りはそれだけではない。新網町や金杉通り一丁目からも、多数の者が引かれ、あるいはつき添って来ているのだ。

「おう、鬼頭」

忙中に平野と話す機会を得た。

「こうも柳営が迅速だとは、予想以上だぜ」

いかにも疲れをふりきった表情で平野は言う。

本来なら奉行所でするべき詮議はすべて、きのうから今朝にかけて評定所で帳簿類と手証の品々だけでおこなわれ、

――死罪相当
意見書が添えられ、町奉行所に書面のみがまわされてきたというのだ。戻されたなかには、龍之助が徹夜で尋問し、認《したた》めた留書の一部も含まれている。戻ってきていないのは、それらがいずれに流通したかを示す帳簿や留書であった。

南町奉行所でも、おなじ光景が展開されていた。

「奉行所はのう、北も南もただ沙汰を申し渡し、刑を執行するのみとなった」

「町人だけ断罪して、それで一罰百戒ですか」

平野が吐き捨てるように言ったのへ、龍之助は不満げに返した。

「そういうことだ。それで一件落着、こたびの件はなあ」

平野のほうが、さらに不満げであった。

北町奉行所でお白洲が開かれたのは、太陽が中天を過ぎたころだった。公事人溜り

には大島屋藤十郎とその番頭や手代など五人、室町屋芝の番頭と手代が二人、さらに二ノ源こと本門前二丁目の貸元源兵衛とその代貸ら総数九人が高手小手に縛られたまま地面に据えられている。いずれも、わずか二晩でこうも衰弱するものかと思えるほどやつれ、抗弁の気力も残っていないようにみえる。もちろん、手証の品を数多く押さえられ、抗弁のしようもないのだが。

同時刻である。南町奉行所の公事人溜りには室町屋助一郎ら室町屋本舗のあるじに番頭、手代たち五人が高手小手に控えさせられていた。

奉行所の小者が公事人溜りの板戸を開けた。九人が一人ずつ、縄尻を小者に取られ出てきた。白洲だ。いずれも六尺棒で肩を荒々しく押さえ込まれるように、粗莚《あらむしろ》に腰を落とした。九人とも髷は乱れ、突然の身の変化になお放心状態で周囲を見まわす者もおれば、恐怖に顔面を引きつらせている者、肩を震わせただ凝っとうつむいている者もいる。

それら粗莚の前面で向かいあって床几に腰を据えているのは、佐々木同心ともう一人、鬼頭龍之助だった。龍之助はこのために急遽呼び出されたのだ。その背後の廊下には、左右に与力が二人、一人は平野準一郎だ。気力で疲れた表情を隠している。その奥が裁許座敷で、奉行の初鹿野信興が座している。通常の詮議なら、このかたちで進められる。ところが粗莚に控えているのが全員町人であるにもかかわらず、奉行の両脇には柳営から大目付と目付が来て座を占めている。

この配置を見たとき、龍之助は覚《さと》り、心ノ臓を高鳴らせた。

町奉行所が罪人に死罪を裁許するとき、奉行の一存では決められない。あらかじめ老中に報告し、その指示を仰がねばならない。だが、大目付と目付が奉行に同座している。

(すでに老中は裁可している。それを見守るため、大目付と目付が……)

脳裡をめぐるとともに、

(死罪は幾人か)

龍之助は勘定した。

九人の名を順に呼ぶ平野与力の声が白洲にながれた。返事はいずれも消え入るように力がない。

裁許座敷から奉行の声が響いた。

「そのほうら抜荷を扱いたる上、阿片の害毒まで市中にながしたるは、天をも恐れぬ悪逆非道の所業……」

奉行から粗莚の面々に問い質すことはすでになく、ただ裁許座敷から聞こえた。

「よってそのほうら、全員死罪のうえ獄門を申しつくる」

（えぇっ）

龍之助は思わずふり返ろうとしたが、白洲の床几に座る者に、許されることではない。罪人らがふたたび縄尻を引かれ、公事人溜りに引き揚げるまで見守っていなければならない。

「ううっ」

呻きとも泣き声ともつかぬ声が、九人のなかから聞こえてくる。

詮議などというものではない。白洲は申し渡しのみの場となっていた。

白洲は与力や同心たちの顔ぶれを変え、さらにつづいた。裁許を下す役目も与力に移った。

粗莚に据えられたのは、おとといの夜から大島屋と室町屋芝の商舗に留められていた奉公人たちだった。さらにその背後には、急遽呼び出された新網町と金杉通り一丁目の町役たちの顔が見られた。

南町奉行所の白洲でも、町内預かりとなっていた室町屋本舗の奉公人たちが据えられ、おなじ光景が演じられていることであろう。

ただ一つ例外なのは、二ノ源の配下の者どもが引かれていなかったことである。奉

行所では、そこに手をつければ新たな騒動を呼ぶことを知っており、初鹿野信興も柳営で、

「――日陰者どもで、取るに足らぬ奴原《やつばら》なれば……」

話したことであろう。すでに配下の多くは逃げ去っているのだ。

引き据えられた奉公人らへの処断も苛酷だった。商舗は闕所《けっしょ》のうえ、小僧や飯炊きの婆さんにいたるまで、すべてが江戸所払いであった。

南町奉行所では、あと二カ所の出店の番頭は遠島、他は江戸所払いの裁許が下されていた。もちろん本舗も出店も闕所だ。

これにて一件落着……ではない。

刑の執行が、きょうなのだ。

斬首の罪人たちは一度小伝馬町の牢屋敷に戻され、そこから唐丸駕籠に乗せられ、品川宿のはずれに広がる鈴ケ森の仕置き場に護送される。

お白洲の時間は短かったが、陽はかなり西の空に移っていた。

なにもかもが急がれている。鈴ケ森の仕置き場でも、準備が大急ぎで進められているだろう。南北両町奉行所を合わせ、斬首刑が十四体なのだ。刀も十四振り、土壇場の穴も十四個、獄門台も十四人分なのだ。

奉行所の慌しさはなおもつづき、数珠《じゅず》つなぎの囚人たちが六尺棒の物々しい警護のなか、同心に先導され奉行所の正門を出て小伝馬町に向かう。

それら護送の同心たちのなかに、龍之助もいた。列が門を出ようとしたとき、

「旦那ア」

同心詰所から左源太が飛び出してきた。

「おう、左源太。ちょうどよかった」

龍之助は列から離れた。

駈け寄りながら、

「聞きやしたぜ、聞きやしたぜ。ご裁許を！」

すべてが驚くほど迅速な上に、処断も思った以上に苛酷であったことへ、左源太の口調も興奮気味になっている。

「こいつらの列なあ、このあと小伝馬町から品川へ唐丸駕籠での道行きとなる。大松の弥五郎に知らせ、一ノ矢と合力して残っている二ノ源の若い衆に、跳ね上がり者が出ねえか用心するよう言っておいてくれ」

「へいっ。さっそく」

左源太が走り出そうとしたところへ、奉行所母屋の玄関口のほうから小者が一人、

「あ、鬼頭さま。まだここでございましたか。よかったあ！」

手を振りながら駈けてきた。

左源太はなにごとかと、走り出そうとした足をとめた。

小者は言った。

「与力部屋にて、平野さまが至急に、と」

龍之助は罪人たちを牢屋敷に護送し、さらに鈴ケ森の仕置き場まで引き、処断と獄門を見届ける役人の一員になっていたのだ。それを平野は呼びとめた。見届け役にまさる役務が、あるいはそれを上まわる事態が発生したか……。

「うむ」

龍之助は頷き、

「ともかく左源太、神明町だ。つなぎの場は茶店の紅亭！　行け！」

「へいっ」

左源太はあらためて北町奉行所の正門を走り出た。走りながら、

(兄イへの用事、いってえなんなんでえ。つぎからつぎへと)

思うものの、思考は足のようにそこから前には進まない。

斬首・獄門の噂は、もう神明町を越え金杉橋にも走っていようか。唐丸駕籠で護送

されるのは、土地に馴染みの大島屋藤十郎たちである。町は騒然としていよう。

龍之助は母屋の玄関にとって返し、廊下を与力部屋に急いだ。

「おぉぉ、鬼頭！」

平野は待っていた。

「なんでございましょう」

龍之助は畳に片膝と片手の拳《こぶし》をついた。出役の下知を待つ姿勢だ。

「ふむ」

平野は頷き、

「たったいま柳営よりお奉行にお達しがあった」

「いかに」

「小田原藩より老中さまに急使が入った」

「急使？　小田原から？」

龍之助は首をかしげ、すぐに、

「あっ」

声を上げた。事態の急展開に忘れていたが、思いつくものがあった。江戸湾を出た大島屋の弁才船が小田原に……。ならば、江戸湾を出たほかの弁才船も……きょう決

まった打首・獄門はともかく、大島屋や室町屋への打ち込みの噂は、

（すでに伝わっている）

小田原藩は譜代大名の大久保家十一万三千石の領地だ。その小田原藩より、

——船手奉行より要請ありし件、丸に大の字の弁才船、当地湊《みなと》にて捕獲。向後の指示を請う

知らせてきたのだ。当然、人も荷も押さえていよう。荷舟で逃げたあの三人も、そのなかにいることだろう。

小田原は江戸から東海道を二十里二十丁（およそ八十粁《キロ》）、旅慣れた者の足なら二日の旅程だ。きょうの噂も、あさってには……。

大久保家ではここ数日のあいだ、江戸屋敷から毎日早馬が発ち、その日のうちに柳営の動きが伝えられているはずだ。むろん、抜荷の件も……。

「ご老中松平さまからの下知だ。早急に両町奉行所より受け取りの同心を一人ずつ出し、適宜な数の捕方をつけ出立せよ、と」

「それを私に？」

「さよう。引き取りの同心は、当案件に当初よりかかわっていた者がよかろう……と、ご老中は申されたそうな」

「ということは」

「南町なら隠密同心の飯岡市兵衛、北町《うち》はおぬししかおらんじゃろ。お奉行もそう申されてなあ。捕方を三名つける。すぐに発て。人数が足りなければ、小田原藩から借りよ。船頭《ふながしら》と舵取《かんどり》、それに荷舟で逃げたという三人は江戸へ護送、他の者はすべて江戸所払いとせよ。その旨を記した大久保家宛ての書状を、いまお奉行が認《したた》めておいでだ。しばし待て」

平野はさらに言った。

「南町の飯岡と道中で落ち合うことになるが、場所は指定するか。いまから使番を出せば間に合うぞ」

その言葉に、龍之助はとっさに閃《ひらめ》いた。

「はっ。今宵は川崎宿《かわさきしゅく》泊まりとし、その本陣にて」

「ふむ、川崎宿な。分かった。さように使番を立てよう」

「はっ」

川崎宿は品川宿から二里（およそ八粁）、これからでも不可能な旅程ではない。平野は、龍之助の少しでも前へ進みたいとの役務熱心と解釈したようだ。なにかを推測しようにも、平野は余りにも疲れすぎていた。

（よしっ）

龍之助は胸中に気合いを入れた。

与力部屋を退出するなり、奉行所の小者に理由《わけ》を話し、八丁堀へ茂市を呼びに走らせた。大島屋は北町が管掌している。書状は、北町奉行の手で記すのは理に適っている。それに、松平定信の〝当初よりかかわっていた者〟との指示も、この案件のながれから理に適っていよう。そこにも平野はなんら疑念を抱《いだ》かなかった。

しかし、

（老中がなぜそこまで細かく指示を出す）

龍之助にはハッとするものがあったのだ。

目的は、

（飯岡市兵衛を外に出すこと。俺はその当て馬に過ぎぬ）

ならばその目的は？

（飯岡どのが危ない！）

だから落ち合う場所を、川崎宿ととっさに言ったのだ。

そこには策が浮かんでいた。

龍之助は茂市の来るのを待った。

六

同僚の定町廻り同心たちはすべて出払ったか、同心溜りには龍之助一人だった。使番が呼びに来た。与力部屋だ。平野ではなかった。平野は重なる疲労に身が保《も》たず、いずれかで横臥しているのかもしれない。

他の与力から、

「おまえも因果なものよなあ。道中、なにが待ち受けているか知れないぞ」

ねぎらいの言葉とともに、北町奉行の大久保家に宛てた書状を手渡された。

ここ数日の騒ぎは、南町の隠密同心と北町の定町廻り同心が先走ったため、身に覚えのある幕閣や大名家が慌て、

(大島屋や室町屋本舗に余計なことを喋らせず、早急に処断させた)

両町奉行所の面々は感づいている。

ならば、

(小田原の大久保家とて……)

いま書状を手渡した与力も受け取った龍之助も、舌頭には乗せないものの内心には

思っている。

「はっ。恙無《つつがな》く、役務を果たしまする」

龍之助は舌頭に乗せ、書状をふところに同心溜りへ戻った。

すぐだった。

「おもてにお屋敷のお人が」

門番が知らせに来た。

「よしっ」

龍之助は立ち上がり、正門脇の同心詰所に走った。

「旦那さま。いったい、どういうことで？　急に旅とは」

塗笠《ぬりがさ》を手渡しながら茂市は言う。

「おう。ともかく旅だ。おまえは一走り、神明町の茶店紅亭の左源太につなぎを取ってくれ。町駕籠に乗ってもいいぞ。急げ。そのあとは帰っていい。ここ数日、ご苦労だった。おウメと屋敷でゆっくりしておれ」

「へえ。で、なにを告げますので？」

「おう、それよ。左源太とお甲にな、旅支度をして待てと。それに、得手《えて》の用意を忘れるな、と」

「得手の用意?」

「言えば分かる。さあ、行け」

茂市の持ってきた挟箱をその場に置かせ、左源太へのつなぎを急かした。箱の中には、旅支度と捕物道具が入っている。

茂市は街道に出ると、

(ほんにここ数日、打ち込みがあったと思えばすぐに斬首? つぎは旅? いったいなにがどうなって……)

首をひねりながら町駕籠を拾い、神明町に急いだ。

供につけられた捕方は、平野が言ったとおり三人だった。いずれも六尺棒にはちまき、たすき掛けの捕物支度で同心詰所にそろい、一人が龍之助の挟箱を担い、門番たちに見送られ出立した。

陽は西の空にかなりかたむいている。

「行くぞ」

「はあっ」

六尺棒三人を随え、街道に出ればお店者に行商人、男や女の往来人のなかに歩を進める。

噂の行き交っているのが分かる。同心と六尺棒の捕方三人が急ぎ足で品川宿の南方向へ向かっているのを見ると、

「おぉお！」

と、往来人どころか大八車や荷馬に町駕籠までが道を開ける。このあとすぐ、十四人も引かれ者が鈴ケ森の仕置き場に護送されるのだ。唐丸駕籠かもしれない。沿道の者には、龍之助の一行はその先触《さきぶれ》に見えたことだろう。立ちどまって同心と捕方を見送り、うしろのほうへ背伸びをする者もいる。なかには恐いもの見たさで、鈴ケ森までついて行く者もいようか。

噂は当然、甲州屋にも入っていた。

右左次郎は聞いたとき、面長な顔相に金壺眼《かなつぼまなこ》をしばたたかせ、

「お大名やお旗本のお方ら、早々に口封じをなさいましたなあ」

独りそっと呟《つぶや》き、身をブルッと震わせていた。

陽はかたむいているが、まだ高い。

龍之助の一行は宇田川町を過ぎ、神明町に入っていた。龍之助も歩を踏みながら、思考をめぐらせていた。

松平屋敷の飯岡市兵衛への役中頼みは脅威だ。しかしそれ以上に、

(松平の、人を人とも思わぬ口封じ。許せぬぞ)

龍之助の胸中に強くながれている。


茶店紅亭の縁台に、左源太とお甲が座っていた。茂市はきちりとつなぎをつけたようだ。左源太は職人姿ではなく、着物を尻端折に草鞋《わらじ》の紐をきつく結び、振分け荷物を縁台に置いている。お甲も手甲脚絆に着物の裾を短めにたくし上げ、風呂敷包みを腰に巻き、頭には手拭を姉さんかぶりにかけている。二人とも誰が見ても旅姿だ。

「おっ。来たぜ」

二人が縁台から立ち上がろうとしたのへ、

(知らぬふりを)

龍之助はわずかに手で示し、塗笠の前をすこし上げ、

(あとへつづけ)

目で合図を送った。

二人は縁台に座りなおし、左源太はふところを叩いた。

(得手のもの、持ってきておりやすぜ)

動作で示したのだ。

お甲も帯をポンと叩いた。

左源太のふところには分銅縄が、お甲の帯には手裏剣が幾振りか入っている。

捕方の一行は縁台の前を通り過ぎた。茶店の老爺が首をかしげていた。龍之助は着ながしではなく袴《はかま》をつけて股立《ももだち》を取り、羽織の背には打違袋《うちがいぶくろ》を結び、足元も雪駄ではなく草鞋をきつく結んでいる。

「へへ。なんでもねえぜ」

左源太は茶店の老爺に言うと、お甲とともに腰を上げた。

神明町から浜松町にかけて、沿道には大松一家と一ノ矢の若い衆の姿がチラホラと見られる。二ノ源の残党に跳ね上がり者が出ないか、警戒しているのだ。

それらが、龍之助たちの五間（およそ九米）ほどうしろを進む左源太とお甲の旅姿に目を丸くし、歩み出て声をかけようとするのへ、

（よせ）

左源太は手で押し返す仕草をする。若い衆たちは首をかしげながら、沿道の軒端《のきば》にあとずさりした。

さっきから、お甲も首をかしげている。縁台で龍之助たちのかなり前を進む飯岡市

兵衛の一行を見たときも、

「——あらら。あのお役人たちは？」

と、事態が呑み込めなかった。

荷舟に手裏剣を打ちそこねた金杉橋を渡ったとき、

「ねえ、左源の兄《あに》さん。標的が先を行く南町のお人なら、龍之助さまと離れて進む必要などないんじゃないの」

松平屋敷が、南町の隠密同心に役中頼みをして〝田沼意次の隠し子〟探索に新たな人材を投入しようとしていることを、お甲も龍之助から聞かされ知っている。得物を持ってあとにつづけと指示されたのは、てっきりそのためだと思ったのだ。

「馬鹿だなあ、おめえ」

「なにがさ」

視線を龍之助たちの背に向けて歩を進めながら、二人は話している。

「龍兄《たつあに》イの心境が分からねえのかい」

「だから、どうなのよ」

お甲はふてくされた表情になった。

「龍兄イが最も警戒し、憎んでいるのはよ、南町に役中頼みをした張本人てことにならあ」

「それは分かっているさ。でも……」

お甲はまだこの旅支度の目的を解しかねている。

前を行く龍之助の一行が品川宿を抜け、街道の両脇にまで樹木の迫った鈴ケ森に入ったのは、間もなく陽が沈もうかといった時分だった。品川宿で沿道の者に訊くと、似たような一行がさっき通り過ぎたと言っていた。南町の飯岡市兵衛の一行は、姿は見えないが、すこし先を行っているようだ。申し合わせたわけではないが、同心が一人で捕方が三人と、龍之助たちとおなじ陣容だったという。

後方の江戸府内では、小伝馬町からの一群もとっくに金杉橋を渡り、品川宿に近づいていることだろう。唐丸駕籠だった。その物々しい行列が通過したとき、浜松町から金杉通りにかけての沿道にはひときわ人が群れたことであろう。大島屋と室町屋芝の地元なのだ。

鈴ケ森の街道では、一角が切り拓かれ街道に面して竹矢来《たけやらい》が組まれている。仕置き場だ。すでに見物人が集まっていた。竹矢来の中では人が忙しそうに立ち動いているのが、街道を歩きながらでも見える。

十四人もの斬首が執行されるのだ。それらの首を獄門台にかけるのは、深夜になろうか。血のにおいに烏《からす》が空を舞い、野犬も近づいてくるだろう。

(夜中に獄門台の用意など、見届け役を免れてよかったぜ)

龍之助は歩を進めながらブルルと肩を震わせた。

すでにそこを抜けたであろう飯岡市兵衛も、おなじ思いをしたことだろう。

「まあっ。もう見物人が」

「見たかねえよ」

竹矢来を横に歩を進めながら、左源太とお甲は足早に通り過ぎた。これから首を打たれ、獄門台に架けられるなかには、見知った顔もあるのだ。

陽が落ちようとしている。

この時分、街道の旅人は東への品川宿に急ぐ者はいても、西へ二里先の川崎宿に向かう姿はない。飯岡市兵衛の一行も龍之助の一行も、さらに左源太とお甲も、向かいから来る影とすれ違うばかりで、追い越されたり追い越したりする影はない。

前方の視界に龍之助の一行を収め、沈む秋の夕陽に、

「あらあら。これじゃ六郷《ろくごう》の渡し、間に合わないよ」

お甲が言った。

川崎宿の手前に六郷川の渡し場がある。日の入りとともに渡し舟は仕舞《しま》う。

「へへ、兄イたちゃあ御用旅だぜ。俺たちも含め、なんとかしてくれらあ。それが兄イの策かもしれねえぜ」

「なら、いいんだけど。でも、どんな策かしら」

「おっと、兄イたちめ、急ぎ足になりやがったぜ」

「はいな」

左源太とお甲も足を速めた。

（舟が仕舞ってから渡し場に着く）

北町奉行所の与力部屋で、平野の問いへとっさに応えた龍之助の脳裡には、その光景が浮かんでいたのだ。

四　口封じ

一

まだ提灯《ちょうちん》がなくても歩ける明るさが残っている。

が、左源太とお甲の五間（およそ九米）ほど先を行く龍之助《たつのすけ》の一行は路傍に立ちどまり、捕方《とりかた》の一人が挟箱《はさみばこ》から弓張《ゆみはり》の御用提灯を出し火を入れる用意を始めた。

「あらら」

「うーん」

左源太とお甲は迷った。

すでに川崎宿手前の六郷《ろくごう》の渡しは仕舞《しま》い、とっくにすれ違う者は絶え、街道にはおなじ方向に向かう龍之助ら役人の一行と左源太、お甲の影しかない。

おそらく六尺棒の捕方たちが、

「――鬼頭さま。さっきからみょうな二人連れが尾《つ》いてきますが、誰何《すいか》してみましょうか」

言ったのへ、龍之助は適当にはぐらかしているはずだ。捕方たちはさきほどから、ときおりうしろへふり向いていた。

そこへ捕方の一行は立ちどまったのだ。提灯に火を入れるといっても、火打石《ひうちいし》と鉄の火打鎌《がま》を打ち合わせて火花を飛ばし、それをすすきやガマの穂を乾燥させた火口《ほぐち》に移して火種をつくり、さらにそこから付木《つけぎ》に火を移す。付木は杉や檜《ひのき》の板を鉋《かんな》で削ったほどの薄さにし、手の平に乗るほど細かく切ったもので、先端に硫黄《いおう》が塗ってある。この付木に移し、はじめて火種は炎となる。

五間ほどの間合いにたたずみ、提灯に火が入るのを待っていたのでは、捕方たちはますます怪しみ、龍之助もはぐらかしができなくなるだろう。

「よし、お甲。兄イがなんとか繕《つくろ》ってくれらあ。行くぞ」

「えっ。えゝ」

左源太とお甲はそのまま夕暮れのなかに歩を進めた。

たむろする捕方たちを除け、追い越そうとする。

緊張する。

「おい、おまえたち。旅慣れぬようだが、この先は川越えで、渡しはもう出ておらんぞ。ほれ、川の音が聞こえるだろう」

龍之助が声をかけた。捕方たちも頷《うなず》いている。

その言いようは、

(他人を装《よそお》え)

示唆《しさ》している。

「えっ、お役人さま。さようでございますか。ほんとだ、聞こえやすねえ、水音。おい、どうする」

「どうするったって、兄《あに》さん。これから品川へ引き返すのも……」

二人の演技に、龍之助はつづけた。

「急いでいるようだな」

「へい」

「だったら俺たちと一緒に渡してやろうか」

「えっ、いいんですかい?」

「ありがとうございます、お役人さま」

しきりに恐縮する男女の二人連れに、

「おめえら、夫婦者じゃなかったのかい」

と、捕方たちは自然に受け入れ、疑念を持たなかったようだ。

「へえ。こいつはあっしの妹で、小田原のほうまで急ぎの用がありやしてね」

「ほう、小田原かい。俺たちとおんなじだぜ」

「余計なことを言うな」

応じた捕方の一人を、龍之助は叱責した。

付木の炎が、御用提灯の蠟燭《ろうそく》に移された。二張りだ。

「ついて来い」

「へえ」

提灯の灯りに六人となった一行は歩を進めた。

すぐだった。

水音に混じって、人の声が聞こえる。龍之助はそれを察知し、提灯に火を入れさせ時間を稼いたようだ。

川原に人影が視認できる。

言い争っているようだ。

砂利石を踏み、近づいた。

争いの声が明瞭になった。その内容にも、龍之助は気づいていたようだ。

船方人足二人に川番所の役人が二人、そこへ武士二人が向かい合っている。

「ですからお侍さま。何度も言っているでがしょ。さっきのご一行はお江戸の御用の筋のお人らで。だから仕舞《しも》うてからでも舟を出したんでさあ」

川番所の役人は、いい加減にしろといった口調になっている。

全国いずれの渡し場でも、武士が最も嫌われる。六郷の渡し賃は、一人頭《ひとりあたま》かけソバ一杯の値に近い十三文だ。だが武士の旅は幕臣も諸国の藩士も〝公用〟とされ、無賃と定められている。

それだけなら船方も川番所の役人たちも我慢できる。

川番所の役人といっても、土地の武士が出張《でば》っているわけではない。近くの町役《ちょうやく》や村役《むらやく》など町や村の者が詰め、武士が出張るのは川止めがあったときや重要な手配書がまわってきたときなど、強制力が必要なときだけだ。きょうの川番所も、詰めていたのは近在の村役二人だった。川番所の役目は、船方人足や荷運び人足が客に法外な渡し賃をふっかけないかを見張ることだった。

だが、そうではない場合もある。不逞《ふてい》な武士の横暴に、船方人足や荷運び人足が難渋している場合だ。このときは、川番所は人足たちに加担する。無賃のうえ、我慢できない理不尽なことが多々あるのだ。横柄で座を譲り合わないばかりか、一人で二人分ほどの座を占め、町人が間隔をつめようとすれば怒鳴りつけ、満杯で出ようとしている舟に走り込み、乗っている者を引きずり降ろして乗る武士もときにはいるのだ。

いまもそれに似た状況が進行している。

「えぇいっ。出せといったら出せ！」

「ですから何度言ったら分かっていただけるのですか。舟はもう仕舞いました」

「さっきのに出して、俺たちに出さぬとはどういうわけだ！」

「だからぁ、さっきのお方らは御用の方々でして」

堂々めぐりをしている。川番所の番人たちは〝理不尽〟に対して意地をみせ、人足たちも一歩も譲らない構えを示している。日ごろの不逞な武士への憤懣《ふんまん》を、いまぶちまけているようだ。

「行くぞ」

龍之助は川原の砂利石に音を立てた。左右に随う捕方二人は六尺棒を小脇に御用提灯を前に突き出している。背後にも挟箱を担いだ捕方、そのうしろにいる町人の若い男女も御用の筋の小者と、傍目《はため》には見えようか。実際にそうなのだが……。

「ああ、また御用のお方」

川番人の声に人足も武士たちも龍之助の一行へふり向いた。あたりはすでに人の影がようやく視認できるばかりの暗さになっている。それだけ弓張提灯の〝御用〟の文字が浮かび上がっている。

「卒爾《そつじ》ながら、なにやら揉めておいでのようだが、役目がら失礼いたす。おい」

龍之助は言葉をあらため、御用提灯の二人に武士二人の面体を照らすよう顎をしゃくった。

「はっ」

御用提灯が武士二人の顔に近づけられた。

「なにをいたす。役人といえ無礼であろう」

武士が怒るのはもっともだ。その顔がはっきりと見える。袴《はかま》の股立《ももだ》ちを取り打違《うちがい》袋《ぶくろ》を背に、髷《まげ》もととのった顔相からは、とても船方や川番人を相手に理不尽を働くような者には見えない。

龍之助は武士二人の抗議を無視し、

「きょうまでの捕物に見た顔か」

「いえ」

捕方二人は、問われたままに応えた。

「無礼な！」

武士が御用提灯を手で払いのける仕草をするのも無視し、

「おい。おまえたちはどうか」

左源太とお甲にも、

(面体を覚えておけ)

言外に意を含み、声をかけた。

「へい」

左源太は挟箱のうしろから顔をのぞかせ、お甲もそれに倣《なら》った。二人とも龍之助の意を覚《さと》ったのだ。

「見覚え、ありませぬ」

お甲が応《こた》えた。

「あたりまえだ」

武士たちは怒ったように言う。

なおも龍之助はその武士たちを無視し、川番人と船方人足たちに、

「さきほど、日暮れてからわれらと似た陣容の一行が通ったはずだ。われらはその同

類にて小田原まで急いでおる」

「うっ」

「なに！」

武士二人は、〝小田原〟の言葉に反応を見せた。

龍之助は確信した。

（こやつらが、松平屋敷が差し向けた刺客）

それを確かめるため、南町奉行所へのつなぎは間に合うと言った平野与力に、

「――落ち合う場所は川崎宿」

と、応えたのだ。六郷の渡しにさしかかるのはこの時分と見計らったうえでのことだ。刺客たちが飯岡市兵衛を尾けているのなら、顔を覚えられてはまずいとおなじ舟には乗らず、かといって見失うわけにもいかず、

（それゆえなにがなんでも舟をと、川原で理不尽を申し立てている）

それらの思いを龍之助はおくびにも出さず、

「すまぬが舟を出してくれぬか」

言いながら一朱金を一枚、

「おまえたちで分けろ」

川番人の一人に握らせ、

「ついでだ。貴殿らも急いでおいでなら、同道いたさぬかな」

「ううっ」

武士二人は一瞬ためらったが、断わるのはかえって不自然だ。

「相済まぬ。お言葉に甘えさせてもらおう」

一人が応じ、もう一人も頷きを入れた。

一朱は二百五十文だ。破格の心づけに舟はすぐに用意され、しかも、

「夜は危のうござんすから」

と、船方が舳先《へさき》と艫《とも》に二人もつき、捕方が御用提灯二張りを前方へ掲げたのにも、

「へい。助かりやす」

栈橋には川番人たちも提灯を掲げ、

「お気をつけなさんして」

愛想がよかった。

対岸は暗さのなかにもう見えない。舟を戻すとき、灯りを持たぬ船方たちには、川番人の提灯がいい目印になるだろう。

舟の上では、さっきの経緯《いきさつ》から武士二人はバツが悪そうに黙りこくっている。

艫の船方が、

「お役人さま。さっきわしら、おなじようなご一行を乗せましたじゃが、この先になにか捕物でもござんすかね」

「なんでも、お江戸じゃ、大きな廻船問屋に抜荷の騒ぎがあったと聞きやすが、それのかかわりでござんすかねえ」

舳先の船方も、棹をあやつりながらつないだ。打ち込みの噂は、もうこのあたりにも伝わっているようだ。十四人もの斬首に獄門も、あしたには戦慄をもって伝わってくるだろう。鈴ケ森で、それはいま終わったところなのだ。

「あはは、船頭よ。御用の用向きなど聞くな」

「へえ。申しわけございやせん」

「ま、俺もついさっき、行き先を言ってしもうたがな」

暗いなかに、武士二人が聞き耳を立てているのが分かる。

話しているうちに、舟は対岸の舟着場に着いた。御用提灯の灯りに、水辺に打ち込んだ杭に板をならべただけの桟橋が浮かび上がる。龍之助も捕方三人も左源太もひょいと桟橋に上がり、お甲が、

「わっ、すべりそう」

などと左源太に引っぱり上げられるように栈橋へ移ったのはさすがだ。こうしたとき、最も身軽にひらりと栈橋へ飛び移れるのはお甲なのだ。

武士二人はまだ舟の上で、御用提灯に照らされたそれらの動作を、凝《じ》っと見つめている。一人一人の力量を見定めているのだ。

「へい。そこの土手を越せば、すぐ川崎の宿《しゅく》でござんす」

「この時分なら、まだ雨戸を閉めていない旅籠《はたご》もありましょう」

船頭たちは最後まで愛想よかった。一朱金はやはり大金だったか。

二

おなじ時分だった。江戸の幸橋御門外の料亭の一部屋で、老齢の武士が二人、向かい合っていた。玄関口の脇にお供の中間が二人、手持ちぶさたに座り込んでいる。一人は岩太だ。ということは、座敷は松平家の足軽大番頭《おおばんがしら》の加勢充次郎《かせみつじろう》……ではなく、次席家老の犬垣伝左衛門だった。向かい合っているのは、小田原藩十一万三千石大久保家の江戸次席家老だった。

老中首座に十万石を越す雄藩の家老の外出に、どちらも供が中間一人とは、お忍びか……。隣の部屋を空き部屋にし、仲居も遠ざけている。夕の膳は出ているが、酒は一合徳利で、最初に仲居がお猪口《ちょこ》に酌をしただけだ。

「ご領内の湊《みなと》に大島屋の弁才船が入ったのは、まっこと天佑《てんゆう》でござった」

「いや、こちらこそ。国おもてより早馬が入ったときには驚きましたが、御家《おんけ》より処置に合力《ごうりき》してくださるとの知らせを受け、ホッとするものがござった」

双方とも、低い声だ。

「当方とて、合力できる相手が御家で助かりました。して、船頭《ふながしら》と舵取《かんどり》は、裁きを恐れて牢内で自害……。間違いござるまいな」

「むろん。いまごろすでに終わっているじゃろ。大島屋や室町屋本舗の者どもに、お上が死を賜《たまわ》るのとちょうどおなじ日のおなじ刻限……奇遇でござる。ふふふ」

大久保家の次席家老は、満足げな含み笑いを洩らした。

ということは、大島屋や室町屋本舗で押さえた帳簿類のなかに、抜荷の得意先として大久保家の名があったことになる。しかも、かなり大口のようだ。

だからだったのであろう。新堀川の河口沖合で事態を知り、急ぎ出帆した大島屋の弁才船は、〝馴染み〟の大久保家の湊《みなと》に逃げ込んだ……。それを知った松平家の犬垣伝左衛門は、すぐさま大久保家に〝合力〟を持ちかけた。

次席家老の犬垣伝左衛門が、足軽大番頭の加勢充次郎に、

「――足軽では無理だ。わしに任せておけ」

と言ったのは、対手が隠密同心だからというほかに、大名家同士の〝合力〟が必要となる場も、予測したからかもしれない。なるほど大名家同士の交渉になれば、足軽大番頭では役者不足だ。それにふさわしい役者が二人、いま額を寄せ合っている。

双方の低い声はつづいた。

「抜荷の手下《てか》であった三人の水夫《かこ》は江戸へ護送中、何者かに襲われ殺害される……仲間による口封じでありましょうか。悪党の道とは、惨《むご》いものでござる」

「そこにわが方からも手勢を出しますが、あくまでわが城下を出てから……」

「心得てござる。ふふふ」

犬垣伝左衛門も、不気味な含み笑いをその場に這《は》わせた。

(そのとき、江戸南町奉行所の同心が一人、役務に一命を捧げる)

ことが、このとき犬垣の舌頭に乗ることはなかった。

その話は、川崎宿でも語られていた。

刺客の武士二人は、舟から最後に桟橋へ移ると、土手を越えるまでは御用提灯のあ

とについてきたが、明かりのある町場に入ると、いずこかへ姿を消した。武士として本陣に泊まるのを嫌ったのは、標的の飯岡市兵衛に覚《さと》られるのを避けるためだったのであろう。

二人は町場の旅籠に入り、他の泊り客と相部屋になるのを、強引に一部屋空けさせていた。さほど揉めることはなかった。泊り客たちは、武士と相部屋になるくらいなら他の部屋で少々窮屈になってもと、早々に移ったようだ。

「渡しでは、船番人どもが我《が》を張りおったおかげで町方の第二陣と一緒になり、向こうの全容も見えてかえってよかったではないか」

「さよう。これで町方どもを尾ける必要はなくなった。ご家老の指示も、往路ではなく復路でということだからなあ」

薄暗い行灯《あんどん》の灯りのなかで、二人は低声《こごえ》で話している。

「同心が二人に捕方が六人。それに女連れの町人が二人、ありゃあ岡っ引かのう。女はともかく、男のほう、舟から桟橋に移るのを見ていたが、捕方どもより敏捷そうな身のこなしだったぞ」

やはり刺客たちは、桟橋で一人一人を値踏みしていた。お甲もなかなかに芝居がうまい。戦力には勘定されなかったようだ。

「ともかくだ、復路は唐丸駕籠が三挺、これは大久保家の人数に任せよう」

「さあて、対手の陣容が分かったところで、あしたは早立ちで小田原に入り、向こうさんと策を練ろうではないか」

二人は外に出るよりも、手を打って女中を呼び酒の用意をさせた。

「いまからですか。静かに飲んでくださいましよ」

女中は迷惑顔をしていた。

川崎宿の本陣では、

「おおう、お着きか。それがしもさきほど着いたばかり」

飯岡市兵衛は待っていた。

すぐに用意された夕の膳をはさみ、

「いやいや、貴殿とこのように一つの役務につくとは、思いもよらなんだ」

「はい。私もでございます」

市兵衛は龍之助より一まわり年行《としゅ》きを重ねている。相応の礼を龍之助はとった。

それぞれの捕方たちは相部屋で夕餉にありついているようだが、三人対三人で南町と北町である。互いに牽制しあい、話は弾まない。役務はおなじはずなのに、かえって双方ともそこに触れようとしない。

それは龍之助と市兵衛もおなじだった。むしろ、この二人の席のほうにぎこちないものがながれている。共通の話題といえば神明宮の石段での一件だが、それは市兵衛が避けている。隠密の探索なら、おなじ南町の同心であっても話さない。まして北町とあってはなおさらだ。

それに龍之助には、実際に市兵衛とこうも身近に顔を会わせれば、

（お家の事情とはいえ、小悪事で小銭を稼ぐなど……）

同情もまじえ、その念が湧いてくる。

他に話題を求め、奉公人の爺さんの腰痛から、娘の由紀が来たことを話そうとしたが、やはり憚《はばか》られる。そこには高麗人参が介在し、松平家からの役中頼みがからんでいる。話せば話題はそこまで進み、座は緊張する。しかも市兵衛は、役中頼《やいば》みをした松平屋敷から命を狙われていることなど、気づいていまい。龍之助がその刃を防ごうとしていることも、市兵衛に気づかれてはならない。気づかれれば理由《わけ》を問われる。

答えるわけにはいかない。

「明朝は早めに発ち、あすのうちに小田原に入りましょう」

「貴殿の北町からの知らせによれば、江戸への護送は五人とか。縄をつけて歩かせる

よりも、唐丸駕籠にしましょうかな。いずれにせよ、大久保家より人数を借りねばなりませぬなあ」

「そうなりましょう」

二人の話は、いま進行中の実務の域を出なかった。

膳がいくらか進むと、

「飯岡さん。ちょいと私、夜の街を見てきます。同心暮らしは、旅に出る機会が少ないですからねえ」

龍之助は腰を上げ、着ながしに羽織を引っかけた。

「あゝ、行ってきなされ。したが、あまり遅くならぬように」

「はい。心得ております」

龍之助は返し、外に出た。市兵衛はそれを、夜の宿場町の散策とくらいにしか思わなかっただろう。

旅籠が軒をつらねる街道沿いは、この時分にはいずれも雨戸を閉め、ただ暗いだけの通りとなり、龍之助の持つ本陣の提灯ばかりが目立つ。だが枝道をのぞくと、チラチラと灯りが散在している。本陣の提灯が目印になったか、

「兄イ、兄イ」

枝道から左源太が出てきた。

「おう、そこだったか」

「へえ。お甲も待っていまさあ。こっちで」

ついていくと、板敷きの間を衝立でいくつにも区切った居酒屋だった。一番隅に座を取っていた。入っている客は旅人がほとんどで、旅籠で呑むより外のほうが安いと出てきたのだろう。

「へへ。この奥をお甲とちょいと歩いてみたのでやすがね、賭場がありやしたぜ。入ってちょいと一稼ぎをと思ったのでやすが。兄イを見失っちゃいけねえと思い」

「ここでさっきから待っていたか」

「はい。この旅の目的を、はっきり聞かなきゃなりませんから」

「それよりも、部屋はちゃんと取れたかい」

「へえ。あの侍二人が入った旅籠の向かい側でさあ。相部屋でね、お遍路の男女八人で、その隅っこに」

「二階の窓ぎわでしてね、お向かいがよく見えて、ちょうどよござんした」

「おう、それはいい。あの二人が出てから、おまえたちも出てあとに尾《つ》くのだ。俺たちを襲うのに、わずか二人ということはあるまい。ほかに仲間がいないかどうか、見極めるのだ。数が増え、山中などで俺たちを襲う気配を見せたら、容赦はいらねえ。大いに騒いでおめえらの得物で斃《たお》してもいいぞ。俺は飯岡どのを護り、襲ってくる奴らを遠慮なく御用の筋で打ち斃す」

「龍之助さまア、そこなんですよ。あたしが分からないのは。兄さんの説明じゃいまいちだし」

「てやんでえ。なにがいまいちだい」

まわりの客たちも旅の空のせいか、けっこう騒いでいる。出入りが激しいのは、賭場の客がちょいと腹ごしらえにと来ているのだろう。松平定信の賭博禁止令も、宿場町ではあまり効いていないようだ。

それらの客たちの声に紛れ、

「あの二人はな、間違いなく松平が飯岡どのに差し向けた刺客だ」

「そこなんですよ、あたしが分からないのは。松平はあのことの探索に、飯岡さまに役中頼みをしたのじゃないのですか。それをなぜ手の平を返して刺客など……」

〝あのこと〟とは、むろん〝田沼意次の隠し子〟のことである。だから龍之助が秘かに飯岡市兵衛を葬《ほうむ》るというのなら、お甲もすぐ理解できたかもしれない。だが、逆に市兵衛を護ろうというのだ。

「にわかに理解できねえのも無理はねえ」

龍之助は応じ、松平を、

「許せねえ」

思うに至った心情を話した。

「だったら、松平の殿さんを……」

お甲は言う。

「それはこれからのことだ。当面は義によって飯岡どのを護る。あとはどうなるか、俺にも分からねえ。それはそれでまた考える」

「もお、龍之助さまったら、ほんと情にながされやすいんだから」

お甲はそうした龍之助の心情を、うっとりとした表情で聞いていた。

「ともかくだ、どんな乱戦か混戦になるか、その場にならねえと分からん。どうなろうと気をつけなくちゃならねえのは、俺とおめえらがつるんで飯岡どのを護ろうとしているのを、捕方たちにも覚られてはならんということだ。とくに飯岡どのに覚られてはまずい。ここがこの旅の難しいところだ。これから江戸に戻るまで、こうして一緒に話す機会はあるめえ。念のためだ。これを渡しておくぜ」

龍之助は房なしの並尺十手を二挺、ふところからそっと出した。一本はお甲だ。

「おっ。また持たしてもらえるんですかい、ありがてえ」

左源太が十手を握り締め、顔の前にかざそうとしたのを、

「兄《あに》さんっ」

「よさんか！」

お甲と龍之助から同時に叱責され、

「へえ」

首をすぼめ、ふところに仕舞い込んだ。

「さあ、あしたは早立ちだ。長居できぬ」

龍之助は立ち上がり、

「亭主、勘定だ」

「へーい、お武家さま」

亭主が奥から出てきた。賭場に出入りしている客たちも、その武士が江戸の町奉行所の役人だなどとは気づいていない。

外に出た。

暗く人気《ひとけ》のない旅籠の町並みに、本陣と旅籠の提灯が揺れている。

「へへ、兄イよ。こいつがふところにありゃあ、どういうわけか夜の街でも恐いもの

知らずの気分になりやすぜ」

左源太がふところをポンと叩いたのへ、

「調子に乗るな」

龍之助はまた叱責し、

「それにしても渡しでのおめえらの演技、なかなかのものだったぜ。他人を装ったのもよかったが、お甲は舟から桟橋に飛び上がらなかったからなあ」

「あい。あの侍二人が、値踏みするように見ていたものですから」

「へん、お甲。おめえも調子に乗るねえ」

三人はゆっくりと歩を進めた。

刺客二人も、もう寝入ったころであろうか。

三

朝の暗いうちから朝餉をすませて身支度をととのえ、日の出とともに本陣の玄関を出る龍之助と市兵衛に、六尺棒にはちまき、たすきがけに手甲脚絆の捕方六人が随《したが》い、まるで捕物出役《しゅつえき》のようで人目を引いた。

街道の旅籠がならぶ通りにも、すでに早立ちの旅人が女中たちに見送られ、朝の活気に包まれようとしている。すぐ土手向こうの渡しにも、舟方や川番人がもう出ていることだろう。

通りでは、

「おっ」

「えぇえ」

旅籠の玄関を出た旅人や見送りの女中たちが目を丸くして脇へ寄る。それもそうだろう。一行は走ってはいないが、先頭の同心二人も袴の股立を高く取っている。

「おっ、あれは」

北町の捕方の一人が声を上げ、

「きのうの……」

もう一人が言った。

旅姿の左源太とお甲が軒端《のきば》から出てきたのだ。演技が始まる。

「おぉう、どうした。おまえたちも早いな」

「へえ。あっしらも急ぎやすので」

龍之助が声をかけたのへ二人は並行して歩きだし、龍之助はそのまま列からすこし

離れ、

「で、どうした」

低声で問う。

「あの二人、すでに発ちやしたぜ」

「えっ」

「それも急ぎ足で。ほかに仲間はいないようです」

お甲がつないだ。裾《すそ》をたくし上げても、女の着物では尻端折をしている男の速足《はやあし》についていくのが辛そうだ。軽業の絞り袴をつけておれば、難なく一行よりも速く歩ける。腰に巻きつけている風呂敷包みには、それが入っている。

それよりも、武士二人の動きは予想に反していた。背後から隙をみて襲いかかるのではなく、いずれかで待伏せか。それとも小田原でのようすをみて復路に襲ってくるのか……。

「ふむ」

龍之助は頷き、

「大磯《おおいそ》の先の小磯《こいそ》で待て。あしたの早朝に小田原を発つから」

「えっ。へい」

龍之助が言ったのへ、左源太もお甲も一瞬驚いたが、すぐに得心した。復路なら囚人を護らねばならず、存分に防戦ができなくなる。刺客ならそこまで考えるだろうと予測するのも、自然なことであった。

一行は旅籠のならぶ宿場の通りを抜け、両脇に田畑のつづくなかへ出ていた。三人は一行からすこし遅れたが、龍之助は走って戻り、

「あの二人、しきりに礼を言っておったぞ。在所は小田原じゃなく、大磯らしい」

捕方たちに言いながら、列の先頭に戻った。

「大磯？　あゝ、小田原の手前ですね」

北町の捕方たちは歩を進めながら頷いた。大磯は小田原の四里（およそ十六粁《キロ》）ほど手前の宿場である。

「いかがなされた。あの町人どもは？」

「いやあ。昨夜、六郷の渡しで困っていたのを、ちょいと御用提灯の舟に便乗させてやりましてね」

「ほう。それは親切なことを」

急ぎ足のなかに市兵衛が訊いたのへ、龍之助は応えた。市兵衛も得心したというより、関心を示さなかった。

（それでいい）

龍之助は思い、歩を進めた。

街道の両脇には田が広がり、いずれも垂れ下がった稲穂が刈入れを待っているように見え、棒切れを持った子供たちが大声を上げて畦道《あぜみち》を駈け、遊びをかねてか雀を追い払っているのがほほえましい。

起伏や湾曲のある前方に幾度も目を凝らしたが、旅人たちのなかに件《くだん》の武士二人の姿は見られなかった。相当な速足で進んでいるようだ。

うしろをふり返ると、街道に点在する一カ村か二カ村を抜けるまでは、左源太とお甲がしだいに小さくなりながらも尾いて来ているのが見えたが、川崎宿より二里半（およそ十粁）の神奈川宿《かながわしゅく》を抜けたころには、すっかり見えなくなっていた。

「この分では、日暮れても遅くならないうちに小田原へ入れそうですなあ」

「はい。したが、江戸へ引いて帰っても、死罪が待っていましょうに。すこし可哀相な気もしますが」

「そのために護送するのがわれらの役務。仕方ありませんよ」

ときおり龍之助と市兵衛は言葉を交わすが、あとは黙々と歩いている。一行のものものしさに、往来の者は武士も町人も一様に道を開ける。なかにはすれ違ってからふり返る者もいる。

龍之助は、ただ足を速めていただけではない。

（俺が刺客なら）

常にその気で、街道の起伏に湾曲、川の渡し、林道《はやしみち》、峠道、切通しなど、地形に視線をながしていた。左源太とお甲も、同様に注意を払いながら歩を進めていることだろう。

街道が林のなかに入り、起伏や湾曲のある箇所では、

（不意をつかれれば……）

警戒心を強め、視界の開けた馬入川《ばにゅうがわ》（相模川《さがみがわ》）の渡し場では、待合の者の挙動に神経を注いだ。

それら往路に、襲ってくるようすはない。

背にあった太陽がいつの間にか前方に移動して眩《まぶ》しく、笠の前を下げた。

（やはり、五人もの囚人を擁した復路に、仕掛けてくる算段か）

思いながら、大磯宿に入った。

小田原城下では、周囲に大久保家の家士が常についていようから、城下で襲ってくることは考えられない。この見方は、小田原藩大久保家の江戸次席家老が、犬垣伝左

衛門につけた注文と結果がおなじになる。もちろん、龍之助がそれを知る由《よし》もない。

大磯宿ではまだ陽はあるというのに、早くも旅籠の女中たちが街道に出て声を張り上げ、競争で泊まり客を引く出女《でおんな》の光景が見られた。旅籠の出女が往還に出るのは、どこの宿場でも陽が沈みかけてからだ。つぎの小田原までは四里（およそ十六粁）もあり、着くころには暗くなっているからだ。

「――小磯で草鞋《わらじ》を脱げ」

川崎宿を出て左源太とお甲と歩きながら話したとき、龍之助は言っていた。着物姿のお甲の足で、きょう中に小田原に入るのは困難と気遣ったからではない。左源太とお甲には、そのような気遣いは無用だ。

小磯は大磯からすぐで街道は海岸沿いの松並木となって風光明媚で、宿場ではないが旅籠もしている家が数軒あって、小さな町並みを形成している。そのこぢんまりとした小磯を過ぎると街道はいきなり山中の杣道《そまみち》のようになり、

「――切通しで、両側が谷のようになっているところもありましてね」

昨夜、川崎宿の居酒屋で三人が膝を交えたとき、お甲が言ったのだ。お甲は軽業一座で諸国をめぐっていたとき、通ったことがあるらしい。

「――上から岩でも落ちてこないかと、抜けるのがちょっと恐かったですよ」

言っていた。だからきょうの朝、二人に今宵の泊まりは〝小磯〟と指定したのだ。

（そこを見張れ）

言外の意味を、左源太もお甲も即座に解していた。

藤沢宿の本陣で小休止を取り、昼食を摂《と》ったときだった。

「――あゝ、小磯の切通しですかね。箱根越えほどではございませんが、お大名のお行列はあそこでも難渋しますよ。一列になり、足場も悪うございますから」

本陣の奉公人が言っていた。復路では、龍之助たちも囚人の護送で、ちょっとした行列になるはずだ。

いまはまだ往路だ。それでも大磯の宿場を出るとき、おなじ小田原方向へ向かう旅人たちが、捕方一行のあとに尾いてきだした。なかには、

「旦那がた、小田原までですか」

と、走り寄ってきて訊いてからあとにつづく者もいた。理由《わけ》を訊けば、

「へえ。この先は追い剝ぎの名所でして」

だった。切通しだけではないようだ。その先にも集落はあるが土地に起伏が多く、樹間もあって見通しが悪く、小田原の手前の酒匂川《さかわがわ》などは浅くて徒歩でも渡れることから、日暮れてからも小田原に入ろうとする旅人がおり、それらがよく追い剝ぎに狙

われるらしいのだ。なるほど出女につかまって旅籠に入ろうとしていた旅人で、捕方の一行を見るなり出女の手をふり払い、六尺棒のあとに尾いた者もいた。

明るいうちに旅籠に入るなど、旅人にとっては贅沢で、すこしでも先へ進もうとするのが常である。それらの数は二十人近くになったろうか。なんとも奇妙な行列ができ上がったものだ。これなら六尺棒がついていなくても、追い剝ぎは手を出しかねるだろう。手練《てだれ》の刺客でも、襲えたものではない。

実際、小磯の切通しを抜け、酒匂川を渡るときには灯りが必要なほどとなっていた。龍之助は市兵衛と相談し、背後の一群が川を渡りきるまで、捕方に命じて御用提灯で川面を照らしつづけた。どの旅人もしきりに礼を言っていた。

酒匂川を渡れば、小田原の城下はすぐそこだ。

四

藤沢宿の本陣から飛脚を走らせていたから、大久保家では城下の本陣に一行の部屋も食事も用意していた。

町はずれで高張提灯を立てて一行を待ち、本陣まで案内したのは足軽たちで、弁才

船の船頭《ふながしら》や舵取《かんどり》たちがいまどこに身柄を拘束されているか訊いても、

「存じませぬ」

言うばかりで要領を得なかった。

だが、家士の一人が馬ですぐに駈けつけた。

奥の部屋で、大久保家の家士は鬼頭龍之助と飯岡市兵衛に告げた。互いに端座する
なかに、淡々とした口調だった。

「江戸の大島屋なる持ち船の船頭から水夫《かこ》に至るまで、すべて城内の牢に入れてござる。積荷を調べたが、抜荷らしき物は出ませなんだ」

これは分かる。海に捨てたのだろう。しかし、つぎの言葉には驚いた。

「手証の品はなくとも身に覚えがあったのか、船頭と舵取の二人はその日のうちに、牢内で縊死《いし》しましてなあ」

首を吊って死んだというのだ。

「えぇえっ」

「まさか!」

龍之助と市兵衛は同時に声を上げた。

「われらの手落ちでござった。あとの者には厳重なる監視をつけておる。それに、江

戸の北町奉行所より問い合わせのあった、大島屋より荷舟で逃亡したという三人の水夫でござるが、当方で一人一人取り調べ割り出してござる。明朝、引き渡すゆえ、早々に江戸へ連れ戻られたい。残った者どもじゃが、江戸の町奉行所にご異存がなければ、江戸所払いだけでなく、わが領内よりも追放処分としたい。この旨、江戸に戻られたなら早急にお奉行からご返答いただけるようお手配願いたい」

まるで厄介払いをするような物言いだった。

用件だけを言うと家士は腰を上げた。死体を見せろと要求したが、

「すでに罪人として無縁寺に運び、埋葬してござる」

と、取りつく島もなかった。それに、興味がないのか面倒なのか、江戸での白洲のようすを訊こうともしない。だが護送については、要求どおり唐丸駕籠を用意し、駕籠舁きも三挺分、交代要員も入れ人足十二人を出すことは受け入れた。警備の武士については、

「急なことゆえ、手配がつきもうさぬ」

と、家士は露骨に迷惑そうな色を表情に示して言った。

家士の去ったあと、龍之助と市兵衛は顔を見合わせた。すでに夜である。無縁寺とやらへ、確かめに行くこともできない。疲れてもいる。

「ともかく、あしたですな」

「その三人、手配の者に相違ないか。違っていたなら、再吟味を要求する以外にありませんなあ」

市兵衛が言ったのへ、龍之助は応えた。あのとき舟寄場《ふなよせば》の石畳から、三人の面体を龍之助は慥《しか》と見ている。間違うことはない。お甲も金杉橋の上からそやつらの一人を見ている。手裏剣を打ちそこねた相手だ。一目で分かるだろう。

出された夜の膳は酒もふんだんに用意され、捕方たちも大喜びするほど豪勢なものだった。

湯にも浸かり、腹も満たされ、酔いもまわり、その夜は寝る以外になかった。

翌早朝だった。陽が昇ったばかりだ。部屋に本陣の女中が、

「玄関にお城の方々がお見えにございます」

呼びに来た。

身支度をととのえ、朝餉《あさげ》を摂《と》っているときだった。

出ると、きのうの足軽だった。二人で来ている。

「唐丸駕籠の罪人を三人、引き渡すゆえ旅支度をととのえ、来ていただきたいとのこ

とでございます」

玄関口で言う。

膳を早々にすませ、捕方ともどもはちまきに羽織はつけずたすきを締め、手甲脚絆をつけ長尺十手を手に本陣を出た。二人が龍之助と市兵衛の挟箱を担ぎ、四人が六尺棒を小脇にあとへつづいた。捕方六人は、来たときとおなじ構えだが、早朝の城下町の往還でそれは目立った。

案内されたのは城ではなく、昨夜高張提灯で迎えられた、町のはずれだった。唐丸駕籠が三挺ならんだまわりに家士が五人と人足十二人がたむろしている。きのうの家士もそのなかにいた。

「この三人でござる。名はここに記したとおりだ」

家士は紙片を示した。受取状だ。いずれも〝江戸廻船問屋大島屋水夫〟と記《しる》し、名は権三《ごんぞう》、宗助《そうすけ》、俊助《しゅんすけ》とあり、駕籠にそれぞれの名を記した紙片が貼られている。

名は初めて聞くが、顔はいずれも間違いはなかった。大久保家の役人は確実に吟味し、拘束した水夫たちの中からこの三人を割り出したようだ。三人とも鶏にかぶせるような竹を編んだ唐丸駕籠の中で高手小手に縛られ、怯《おび》えきっている。そのようすを見ただけで、船頭と舵取がすでに死んだことが察せられる。

（俺たちもきっと）

の心境なのだろうか。荷舟が漕ぎ出されたときには悔しい思いをしたが、いまは憐れを感じる。

大島屋は北町奉行所の管掌だ。龍之助が差し出された筆を取り、署名した。

「早々に出立《しゅったつ》されよ」

まさに厄介払いの扱いだ。唐丸駕籠を準備し、十二人もの人足を出してくれただけでも感謝しなければならない雰囲気だった。

「立ちませいっ」

所定の手続きだけで一切無駄口をきかず、人足たちに号令をかけたのも大久保家の家士だった。駕籠尻が地から浮いた。

が、

（ん？　これは、いったい）

それら唐丸駕籠を担いだ人足、さらに交替の人足たちのようすが尋常ではない。囚人の唐丸駕籠を担ぐのだから、気分のいいものではない。だが、嫌がっているだけではない。極度に緊張している。

家士の一人が、そうした人足たちに声をかけた。

「案ずるな」

「へ、へえ」

返した人足の返事は硬い。

（みょうだ）

市兵衛も気づいたか、

「これは」

龍之助と顔を見合わせた。

「出立しませいっ」

昨夜来の家士が、催促するようにふたたび号令をかけた。

「へーっ」

人足たちは応じ、龍之助と市兵衛、それに捕方たちもそれに従うかたちとなり、一行は動きだした。

街道にはすでに旅人の往来があり、すれ違う者も追い越して行く者も、恐々《こわごわ》と唐丸駕籠に視線を投げている。同心も捕方も捕物装束で、唐丸駕籠まで擁しているとなると、来たときよりも人目を引き、江戸へは三日はかかるだろう。

龍之助と市兵衛が先頭に、つづく唐丸駕籠三挺に四人の六尺棒が両脇を固め、そのうしろに挟箱の捕方が二人、そのあとから交替の人足六人がゾロゾロと尾いている。それら交替の人足たちは、ときおりなにかを待つようにうしろをふり返り、仲間同士でもなにやらささやき合っている。

「みょうでござるな」

「はい。抜荷の仲間がいて、いずれかでこの三人を奪おうと……」

「まさか、さようなことが」

「いえ。ご油断召されるな、飯岡どの」

歩を踏みながら、先頭の二人が低声《こごえ》で話せば、その警戒心が捕方たちにも伝わり、ときおり駕籠の中に視線を落とし、無口で歩を踏みつづけている。

緊張が高まった。

酒匂川《さかわがわ》だ。

水音とともに、渡りきった。

小田原城下を離れたとの思いがする。

「おまえたち、どうした。緊張しているようだが」

「………」

市兵衛が先頭で担いでいる人足に問いかけると、返答がない。

「ん？ どうしたというのだ」

「わしら、唐丸など、初めてなもんで」

言ったのみで、あとはただ黙々と担いで歩を踏むばかりだった。なるほど、もっともらしい返答だが、

（こやつら、家士から江戸の町方と口をきいてはならぬと、命じられておるのか）

市兵衛も龍之助も感じ、また顔を見合わせた。

いくつかの街道に張りついた集落を過ぎ、切通しに近づいた。

太陽はまだ中天ではないが、かなり高くなっている。

駕籠舁き人足たちが交替した。背後にまわった者は、肩の荷が下りた以上にホッとした表情になり、新たに担ぎ棒に肩を入れた者は異常に緊張し、顔を引きつらせる者までいる。

「お役人さま、お役人さま」

呼んだのは先頭の唐丸駕籠の中からで、〝俊助〟と紙片が貼られている男だった。お甲が手裏剣を打ちそこねた男で、腹から絞り出すような、悲痛な声だった。

「なんだ」

龍之助がふり返った。罪人が役人に声をかけていいのは、腹痛など体調の悪いとき

か、尿意や便意をもよおしたときのみだ。

「わしら、わしら、ど、どうなりますのじゃ」

「黙れ。どうせおめえらも死罪だ。知らねえのか。大島屋のあるじに番頭や手代の首よ、いまごろ品川の鈴ケ森で獄門台にさらされてるぜ」

そばについていた六尺棒の一人が、いまいましそうに言った。出立のときから感じている、人足たちの理由《わけ》の分からない異様さに対する八つ当たりだったのかもしれない。龍之助は捕方を咎《とが》めなかった。

「げえっ」

声を上げたのは、二つ目の駕籠の男だった。大番屋に引かれた全員の斬首・獄門の噂は、まだながれてきていないようだ。無理もない。おとといの夕刻だったのだ。

「うううっ」

声を上げた男はそのまま呻き声をつづけ、

「そ、そんならやっぱり、わしらも道中のどこかで、ば、ばっさり！」

騒いだのは一番うしろの唐丸駕籠の男だった。

重要な証言だ。

〝やっぱり、わしらも〟……船頭と舵取は〝縊死〟などではない。

(大久保家の者に殺された)

龍之助と市兵衛は、歩を進めながら顔をまたも見合わせた。

街道は上り坂になり、前方に樹林群が見える。山中を切り拓いた切通しだ。平地では前にも後にも旅人の姿が点々と見えるが、切通しでは谷間のような箇所もあれば樹間の杣道のようなところもあり、起伏と湾曲に視界はせばまり、他の旅人が一人も見えなくなることが幾度もある。

「気をつけましょうぞ、飯岡どの」

「うむ」

先頭の二人の緊張が、捕方たちにも伝播したか、一様に六尺棒を握る手に力を入れたようだ。後尾についてくる交替の人足たちが、

(浮き足立っている)

ようにも感じられる。

あたりが薄暗くなった。樹間に入ったのだ。きのうも通ったが、まるで山間《やまあい》の杣道のようだ。

「心せよ」

龍之助はふり返った。

捕方たちが応じる。自分たち自身に入れる気合いだった。

「な、な、なんなんだよう」

「こ、ここでかい」

「俺たち、大島屋の旦那に言われて……」

恐怖に駆られたか、唐丸駕籠の男たちがもがきだした。駕籠が揺れ、

「おっとっと」

人足は足をふらつかせ、均衡を取った。

(襲うなら、あの谷間のようなところ……上から)

きのう、龍之助は算段していた。

樹間の道に、前方も後方も見えなくなり、気配を探ったが、前方に異常は感じられず、後方は……交替の人足たちの足音と息遣いが、他の気配をさえぎっている。

樹間の上り道がひときわ険しくなり、曲がれば谷間のような箇所が半丁(およそ五十米)ほどつづく。

入った。上を見た。崖の上にも樹々《きぎ》が茂り、青空がかすかに見える。

(左源太、お甲。どこにいる)

「おーっ」

龍之助は念じた。弓矢なら、左源太とお甲が背後から襲い、事前に騒ぎをつくりだすはずだ。すでに幾人かの旅人とすれ違っている。

だがいま、聞こえるのは一行の足音と、樹々のざわめきばかりだ。一行は一列縦隊になり、龍之助が先頭を踏んでいる。

「おぉおおっ、こんな道、いつまでつづくんだよ！」

唐丸駕籠の一人が悲鳴のように叫んだ。両脇に迫る崖が恐怖を誘うのだろう。

「うるさい！」

捕方の一人が六尺棒で駕籠を叩いた。捕方もまた、緊張しているのだ。

谷間を抜けた。

ホッとするものを感じる。

が、両脇にはまだ樹林群が迫り、切通しの道であることに変りはない。

下りの曲がり道になっている。

曲がった。

「おっ」

道脇に馬……馬子が轡《くつわ》を取り、客だったのか旅姿の町人が一人、馬のうしろに立っている。一行を避けるのに、自然な光景だ。馬子も町人も、手に武器のようなものは持っていない。

近づいた。

五

今朝の日の出時分だった。城下で大久保家の足軽が本陣に龍之助らを迎えに来たころになろうか。

小磯の旅籠で、

「お客さまがた。この先は足場の悪い切通しじゃ。気をつけなさんして」

旅籠のあるじと女房に見送られ、左源太とお甲が往還に出たところだった。これからその切通しに、龍之助らの一行よりも先に入り、気配を探ろうというのだ。

隣も旅籠で、話しているのが聞こえてきた。

「なんとも気前のいい、それにみょうなお武家たちだったたねえ。馬を一頭売ってくれろ、と。きょうはそれを引いて行きなされた」

「あゝ、馬二頭も買える値《あたい》でよ。わしゃ大もうけだで」

馬子と旅籠のあるじが話しているのだ。

「えっ、お武家が？」

旅姿の左源太が話しかけた。

「そうさね」

「あら、じゃあもうこの町に馬は？」

「ありゃあ、娘さん。馬に乗ってくださるかね。じゃが、この町にゃ駅馬は一頭だけじゃに。悪いなあ」

お甲が訊いたのへ、馬子が応え、

「で、お武家たちというのは、どんな？　それに、どっちへ行きなされた」

「あゝ、二人じゃった。さっき、切通しのほうへな」

お甲と左源太は顔を見合わせ、

「さあ、俺たちも」

「はい。兄《あに》さん」

二人は小磯の小さな町並みを離れた。

街道の両脇は荒地で、その前方に樹林群が見える。切通しだ。

きのう夕刻に小磯へ入ったとき、左源太とお甲は当然、町に刺客二人が草鞋を脱いでいないか調べた。聞き込みを入れて怪しまれれば十手をチラと見せればいいのだから、気おくれせず調べることができた。

いなかった。だが、見落としていたことがあった。きのうの午後、かなり早い時分に件《くだん》の武士二人は小磯も切通しも越えて小田原の城下に入り、引き返して暗くなってからふたたび小磯に入り、宿をとって馬子を呼び、馬を買ったのだ。この二人が暗くなってから切通しを越え追い剝ぎに出遭ったなら、襲ったほうこそ不運といわねばならないだろう。

左源太とお甲が小磯の町並みに聞き込みを入れたのは、件の二人が通過したあとで、さらに引き返してくる前だったことになる。

それが夜更けてから町に入って馬まで買い、早朝に出て行ったのだから話題にもなり、それを左源太とお甲は耳にしたことになる。馬を奪わなかったのは、さすがに老中首座の松平家の家臣といえようか。

もう一つ、左源太とお甲ばかりでなく、龍之助たちも気づいていないことがあった。刺客二人が小田原城下に入り、人知れず額を寄せ合った大久保家の家士がいた。その家士こそ、そのあとに龍之助と市兵衛を本陣に訪ねた家士だったのだ。

左源太とお甲は朝日のなか、切通しに入った。両脇の樹間に神経を集中しながら、ゆっくりと進んだ。山中に気配を求め足音もなく進むのは、甲州の山家育《やまがそだ》ちの二人にとっては、お家芸というべきものだった。

感じた。馬の臭いだ。

いた。

対手が武士とはいえ、気づかれる二人ではない。

武士二人は馬子風体《ふうてい》と町人の旅姿に着替えていた。

ときおり交替で樹間から道に出てはいなくなり、また戻ってきていた。物見《ものみ》に出ているのだろう。顔も見えた。

「あいつらだぜ。六郷川の……」

「そうみたいね。形《なり》は変えているけど」

確認した。

(待伏せ)

当然、左源太とお甲は看《み》て取った。しかし、周囲に隠した戦力の気配はない。

お甲は腰の風呂敷包みを解き、絞り袴をつけ、手には手裏剣を握った。左源太はふところから分銅縄を取り出した。

(襲いかかった瞬間に打ちかかる)

頷き合った。間違いなしと思っても、まだ松平家の放った刺客と決まったわけではないのだ。

馬子と客の町人の旅姿となった二人は道に出て、樹間を進んだ。

左源太とお甲は背後についた。両側に樹木が迫り、視界のきわめて悪いのが、かえって二人には好都合だった。

(ほう。避けてくれているか)

すぐ目の前に、馬から降りて脇に身を寄せている二人に龍之助は思った。二人ともお上への礼か、軽く会釈をするように顔をうつむけている。二人が殺気を放っていなかったのは、綿密に立てた策と腕に自信を持ち、余裕さえ得ている相当な手練《てだれ》ということになる。

「すまぬのう」

龍之助は声をかけ、馬の轡を取っている馬子姿の前に歩を踏んだ瞬間だった。

「うわーっ」

「おおぉぉお!」

後方に悲鳴が上がった。交替の人足たちだ。叫び声とともに一斉に両脇へ避け、さらに唐丸駕籠に肩を入れていた人足たちも、

「それーっ」

「逃げろ！」

駕籠を放りだし、竹が弾いたようにかたわらの樹林のなかへ飛び込んだ。

「ううっ」

「うぐぐっ」

駕籠は投げ出され横転し、中の者はなにが起きたかも分からない。

龍之助と市兵衛が、

「何事！」

「狼藉者か！」

ふり返り、後方へ駈け込もうとした刹那《せつな》だった。捕方たちも後方に向かい六尺棒を構え、挟箱の二人も箱を放り出し六尺棒を構えたところだった。

「きぇーっ」

「たーっ」

馬子姿と町人の旅姿が馬の背に結わえていた刀を引き抜くなり、同時に市兵衛の背に斬りかかった。位置は龍之助のすぐ横だ。凄まじい殺気と刃風を感じた。

「おまえたちだったか！」

龍之助はその二人が六郷の渡しに出会った刺客と気づくなり、馬のうしろから斬りかかった刺客に、

「だーっ」

長尺十手を打ち込んだ。

肩にあたった。

「ううっ」

刺客は均衡を崩したが致命傷ではない。龍之助はそのまま十手を放し、

「おのれ！」

ふり返った刺客に、

「たーっ」

腰の大刀で抜き打ちをかけた。対手は均衡を崩しているうえに、龍之助は鹿島新當流の免許皆伝である。

「うぐっ」

町人風体の刺客は胴から鮮血を噴きドサリと前のめりに身を崩した。

が、市兵衛はふり返り刀を抜きながらも飛び込んできた馬子姿の太刀を肩から胸に浴び、

「うぅーっ」

その場に崩れ落ちた。凄まじい刃《やいば》の勢いに即死だった。

「おのれ!」

龍之助は血刀を大上段に踏み込み斬り下げた。

――キーン
馬子姿の刀にも血が散っている。市兵衛の血だ。頭上に落ちてきた刀をすくい上げるように防ぐなり横っ飛びに身をかわし、

「仕留めたりーっ」

一声叫び、来た方向へ取って返す体勢になった。

「ううううっ」

龍之助は唸った。追う余裕がない。視線は背後の唐丸駕籠のほうへ向いた。後方より走り込んできた奴原《やつばら》は刀を振るい六尺棒に打ちかかり、あるいは横倒しになった唐丸駕籠を破り、

「助けてやるぞうっ」

その数は八人、いずれも太平のいまどきには珍しい山賊のようないで立ちだった。

最後尾の唐丸駕籠からはすでに中の者が上体を出し、うしろ手の縄が切られ、もがき

ながら、

「助かったーっ」

唐丸駕籠から抜け出し立ち上がった。権三と記された駕籠の男だった。

捕方たちは防戦一方で逃げようとする男を押さえることができない。

「逃げる者は斬れっ」

非常事態だ。龍之助は叫び、刀と六尺棒の打ち合うなかに飛び込んだ。

「うおぉぉぉ」

抜け出た自分の駕籠を持ち上げ、権三なる男は龍之助に向かってきた。

「ええいっ」

龍之助は防ぐように刀を下段から掬い上げた。手応えがあった。駕籠が二つに裂かれ、権三の手首が片方の駕籠についたままだった。

「うわわわわっ」

そのすぐうしろ、刀を六尺棒に撥ね返された山賊姿が権三の背に体当たりした。

「ううっ」

なんと刀の切っ先が権三の背を刺し貫いた。

「何故《なにゆえ》っ」

龍之助は、権三から刀を抜こうとする山賊姿の肩から胸へ切っ先を振り下ろした。

「うぐっ」

血潮が飛び散り山賊姿は刀から手を離し、のけぞるように仰向けにぶっ倒れた。勢いから即死が感じられた。その体を飛び越え、龍之助は六尺棒を刀で押さえ込んでいる山賊姿に斬り込んだ。

「ふーっ」

捕方は大きな息をついた。山賊姿の刀から力が失せ、その身が血潮を噴きながら横に倒れ込んできたのだ。

「引けーっ、引けーっ」

山賊姿の一人が叫んだ。残ったのは差配らしい者を含め六人だ。目的は分からない。ただ、これ以上仲間から犠牲が出るのを恐れたのだろう。それらはよく訓練されていた。号令と同時に両脇の樹間に飛び込み、すぐさま見えなくなった。

「追うなーっ」

龍之助は叫び、

「ふーっ」

大きく息を吸い、

「あっ」

その息をとめた。

まんなかの唐丸駕籠、宗助との札が貼られている。横倒しのまま、胸から血をながし、息絶えている。何者かが駕籠のすき間から心ノ臓を刺し貫いたようだ。

「ふーっ、ふーっ」

一番前の駕籠、名札には俊助とある。横倒しになったまま、狂ったように息をついている。

「みんなーっ、集まれーっ。けが人はいないかーっ」

龍之助は叫んだ。

左源太とお甲はこのとき、騒ぎは聞こえた。だが、起こった事態が分からない。馬の背を見ていた樹間から、二人は往還に飛び出した。そこに出番はなかった。だが見えた。すぐそこだ。龍之助が振り下ろした刀を馬子姿の男が防いだ瞬間だった。金属音も聞こえた。左源太とお甲は身構えた。

そこへ馬子姿が逃げるように前方から走り込んできた。

二人はとっさに両脇へ飛び退き、そのあいだを馬子姿は走り抜けた。

「兄《あに》さん！」

左源太は馬子姿の背に分銅縄を投げつけた。足にからまった。

「うわぁ」

転倒し、起き上がろうとしたところへ、

「えいっ」

お甲が手裏剣を打った。三間（およそ五米）ほど先だった。

「うっ」

馬子姿は呻《うめ》いた。首筋に刺さったのだ。よろめいた。血刀を下げたままだ。

さらに分銅縄を振りまわしながら左源太は飛び込み、縄の先端の石がよろめく馬子姿の顔面を激しく打った。

「うぐっ」

身をよじりまたも呻いたところへ、さらに手裏剣が飛来し、喉を割いた。血潮を噴き、男はその場に崩れ込んだ。

お甲も走り寄った。

息はなかった。

二人は死体をはさみ、

「助っ人に！」

「あいっ」

修羅場のほうへ走ろうとした。

が、刀と六尺棒の戦いだ。分銅縄と手裏剣は用をなさない。

「手強いぞ！」

「兄さん、どうするっ」

「ううう、やるしかっ」

「あいっ」

一瞬ひるんだが、すぐまた走り込もうとしたところへ、

「引けーっ」

声が聞こえた。

山賊姿どもが両脇の樹間に飛び込んだのが見えた。

「あたしら、出てはいけない身っ」

「そうだった」

ようやく本来の役務に思い至ったか、修羅場の終わったのを覚ったか、

「小磯へ」

「あいっ」

二人は来た道を急ぎ返した。

六

「鬼頭さまっ、ここにも死体がっ」

「なに？」

捕方の一人が叫んだのへ、龍之助は走った。馬子姿が息絶えている。この者こそ、飯岡市兵衛を斬った刺客である。

分銅縄も手裏剣もすでにその場にはなかったが、

（やはり見張っていたな）

龍之助は状況から、左源太とお甲がこの樹林のどこかに潜んでいたことを覚った。

「ともかく集めよ」

命じた。

人足は半数の六人しか残っていなかった。六人が逃亡していた。

「わしら、日当がまだじゃで」

残った六人は言っていた。消えた六人については、

「あいつら、お武家の中間《ちゅうげん》たちじゃで」

とも言う。

なるほど城下の木賃宿で人足を募り、足りない数を家士の家々から駆り集めたのだろう。それがちょうど半々になった。出立のとき、心配げな目を家士に向けていたのは、駆り集められた中間たちだったのだろう。それらには逃亡するにも名分が立つ。

――主家に急を知らせる

大久保家にとって、それはまた必要なはずだ。

死体は飯岡市兵衛、山賊姿三人、町人姿と馬子姿が二人、それに唐丸駕籠の記《しる》しが権三と宗助の二人、合わせて七体だった。

負傷は捕方が二人、骨折していた。一人は鎖骨《さこつ》、もう一人は肋骨《ろっこつ》だった。打撲やすり傷は全員で、人足たちも樹間に飛び込んだとき、すり傷はつくったようだ。

「ここはっ、刀で斬りつけられ……」

骨折した捕方二人は言う。

「なんだと！」

龍之助は覚った。山賊姿はいずれも、刃を引きつぶした刃引《はびき》の刀で襲いかかった。

(あの刺客以外、山賊姿らは俺たち江戸からの役人を殺すつもりはなかった)

目的は、

(囚人三人を奪う……いや、刺し殺そうとしたのではないか)

いずれにせよ、山賊姿どもは、

(小田原藩大久保家の家士)

松平家の刺客と謀議はしたが、目的はそれぞれに、

(異なっていた)

「鬼頭さま、下知を」

「おう、そうだった」

眼前の処理だ。市兵衛の遺体は、駕籠部分を取り去り台座だけにした唐丸駕籠に乗せて人足たちに担がせ、他の六体はその場に残し、捕方二人を見張りにつけ、

「大丈夫か。歩けるか」

骨折した二人をすり傷と打撲だけの捕方二人が支え、小磯の町並みに向かった。血を浴びた龍之助を先頭に、まるで戦国の落ち武者のように見える。生き残った唐丸駕籠の俊助なる男は放心状態の態《てい》で、口からよだれまで垂らしていた。すれ違う旅人は

一様に足をとめ、脇に寄って恐ろしげに一行を見つめる。その驚愕の雰囲気は、すでに小磯の町並みを包んでいた。

ついさきほど、

「大変だあ、町役《ちょうやく》はいるかあっ」

左源太とお甲は小磯の小さな町並みに駈け込んで叫び、

「医者だ。医者を用意してくれ」

十手をかざした。

「えっ。あんたがた、お上の！」

旅籠のあるじが言った。

町は大騒ぎになり、小磯で唯一の医者だという骨接ぎが野良から呼び戻され、若い者が蘭方もできるという医者を大磯宿まで呼びに走り、旅籠二軒が部屋を空けた。昨夜、左源太とお甲、それに刺客たちが泊まった旅籠だ。この町で、旅籠もやっているという家は、この二軒だけだ。お上の御用でなければ、町の者はこうも迅速に動かなかっただろう。

「へへ。いい気分だぜ」

「なに言ってんの。あたしたち、身を引いていなきゃ」

「おう。そうだったなあ」

二人は町役に話し、旅籠の奥に下がった。旅籠の二軒が町役だった。

「おぉお、来た、来た」

町の者は戸板を持って切通しの近くまで迎えに出ていた。

その用意のよさに、

（ふむ。あいつらだな）

龍之助は覚った。

旅籠では傷の手当てにと湯まで用意され、受け入れ態勢がととのえられていた。骨接ぎがすぐに骨折の二人を診た。

「お役人さま。奥で手下《てか》のお方が」

あるじの町役が龍之助に声をかけた。

「呼べ」

龍之助は言った。左源太とお甲を影の者にしていたのは飯岡市兵衛に、

（あんたの警護を）

覚られぬためだった。だがいま、その必要はなくなっている。

左源太もお甲も、部屋に安置されている飯岡市兵衛の死体を見て息を呑み、

「こうなってしもうた」

力なく言う龍之助に、言葉もなかった。お互いに、刺客の策を読めなかったのだ。

だが、

「おめえら二人、お手柄だぜ。おめえらが討ち取ったやつこそ、飯岡どのを斬り斃した刺客だったのよ」

状況の説明とともに言った龍之助の言葉に、いくらか自分たち自身の心境を慰めることができた。

切通しに残していた捕方二人が帰ってきた。小田原藩大久保家の家士が三人ついていた。馬上だった。一人は昨夜、龍之助と市兵衛を城下の本陣に訪ね、今朝も城下はずれで一行を見送った家士だった。顔面蒼白になっている。

「ご同僚の不慮の死、なんとも痛ましく、お悔やみ申し上げる」

その言葉は悔やみというよりも、想定外の事態に困惑しているようすを示していた。

冒頭に家士は〝思いもよらず〟と言ったのだ。

大久保家の家士にとって、山賊姿に犠牲者が出たこと以外に、想定外のことがもう

一つあった。大久保家の家士が、生きたまま残った唐丸駕籠一挺をいまいましげに見つめたのを、龍之助は見逃さなかった。

さらに、

「抜荷の一味どもが、仲間を奪おうとしたは明白。よくぞ撃退された」

家士は最初から決めつけていたように語り、その言いようはいかにも無念そうに聞こえた。

山賊姿を扮《こしら》えた藩士たちの目的は、江戸から来た役人は殺さず、

(江戸送りの三人を殺害するところにあった)

ことへの確信を、龍之助はいっそう深めた。

松平家から来た者が〝思いもよらず〟江戸町奉行所の同心を殺害し、早々に逃走しようとしたのへ、最も驚いたのは山賊姿たちではなかったか。だから差配の者は、犠牲の出るのもさりながら、策の狂ったことに、

「――引けーっ」

言わざるを得なかったのであろう。このように意気を通じあったようにみえても、両家の思惑は当初から違っていたのだ。

家士はさらに言った。

「切通しに残った死体、すべてわがほうで始末をつけておくゆえ、貴殿は残った唐丸駕籠をよく警護され、心置きなく江戸へ戻られよ」

「ふむ」

龍之助は頷き、

「われらの周辺には、隠密警備の者も多数ついておるゆえ、ご安堵されよ」

「うっ」

牽制の言葉を投げたのへ、大久保家の家士は瞬時、戸惑いの呻きとともに緊張した表情になった。やはり、第二波を考えていたようだ。

引き揚げるとき、一行についてきた人足たちを、

「わが領内の者、怯えておるようすなれば」

と、連れて帰ってしまった。人足たちが、余計なことを喋るのを恐れたのだろう。

陽は中天を過ぎていた。

「こうしてはおれんぞ」

龍之助は、骨折の二名が骨接ぎの手当てを受け、安静にしている部屋へ他の四名に左源太、お甲も集め、

「早駕籠に乗ってよし。すぐに出立せよ」

北町と南町のそれぞれ一人ずつに書状を持たせ、江戸へ発たせた。

三人で来た大久保家の家士たちが人足を連れ引き揚げるとき、一人が来た道の西ではなく、江戸方向の東へ馬を駆ったのを龍之助は慥《しか》と見ていた。きょうのこの事態は、両町奉行所よりも増上寺裏手の大久保家上屋敷のほうが先に知ることとなろう。

（仕方なかろう）

龍之助は思った。

捕方に持たせた書状には、

――道中、何者かに襲われ……南町同心飯岡市兵衛殿、果敢に戦い……

認《したた》めた。南北両奉行に宛て、同文のものだった。

感じ取った〝真相〟は、公《おおやけ》にできるものではない。捕方たちは、左源太とお甲が馬子姿の刺客を斃した場を見ていない。混戦のなかに龍之助が小柄を打ったものと思っている。

それでいいのだ。

近くの寺に話をつけ、茶毘《だび》の用意にかかった。土葬よりも茶毘を選んだのは、遺髪や刀、十手などの遺品だけでなく、遺骨も由紀に持って帰りたかったからだ。

寺に煙が上がり、遺骨が用意できたのは、翌朝だった。

骨折の二人は、大磯から来た医者が熱さましの薬湯を調合したが、深夜にかなり痛んだようだった。

「骨接ぎがいいと言うまで、ここでゆっくり養生していけ」

と、二人を小磯の旅籠に残し、市兵衛の挟箱にあった房なしの並尺十手を龍之助の判断で渡し、出立した。

一挺となった唐丸駕籠は、四人の捕方と左源太が挟箱と替わるがわるに担ぎ、お甲はそのうしろに尾いた。隠密がついているなどと、はったりで大久保家の家士を牽制したが、それだけではまだ安心できない。

俊助なる元水夫は、高手小手をはずし、すこしは楽にしてやったが、怯えたようすに変りはなかった。

七

先頭に羽織をつけた龍之助と町人姿の左源太が歩を取り、つぎに唐丸駕籠に挟箱の捕方、かなり離れてお甲がつづいている。駕籠を擁した足なら、着物の旅装束でも楽について行ける。小磯での絞り袴は風呂敷に包んで腰に巻きつけていた。

「街道筋に、俺たちをつけ狙う怪しい目がないかどうかを探らせているのだ」

と、龍之助は捕方たちに説明している。実際に襲われたし、女なら一行の者とは思われないだろう。捕方たちは納得していた。

唐丸駕籠の担ぎ棒に入っていた左源太が、肩を揉みながらまた龍之助とならんだ。

「あの野郎、だんだん軽くなっていきやすぜ」

「うむ」

龍之助は頷いた。俊助なる元水夫は、めしも喉を通らず、時の経過とともに痩せ、朝夕にもようすの違うのが目に見えるほどだった。無理もない。小磯の切通しで仲間が刺し殺されるのを目の当たりにしているのだ。

(こんど襲われれば、俺一人だ)

その恐怖心が身を苛《さいな》んでいるのだろう。

「なあ、左源太。因果な商売だなあ」

「へ？　なにがで」

左源太は問い返した。

(この男、江戸に連れて帰っても、どうせ死罪だろうよ)

龍之助も左源太も、それにお甲も思っている。

「あっ、そう。そうでやすねえ」

左源太は龍之助が応えるまでもなく、納得の返事をした。

「襲われたふりをして、逃がしてやるのも一興だなあ」

などと龍之助が言い、

「そうしやすかい」

「おもしろそうね」

左源太とお甲が冗談とも真剣ともつかぬ顔で応えたのは、小磯を発ってより二日目の旅籠を出るときだった。

それが、

「旦那ア。これじゃ因果も過ぎやすぜ。あんまりだあ」

「せめて今夜くらい！」

左源太が思わず大きな声を出し、お甲が涙声になって唐丸駕籠の去った方向へ視線を投げたのは、三日目の午《ひる》近い時分だった。

いまでは懐かしささえ覚える六郷の渡しで舟に揺られながら、

「――おめえも因果というか、不運なやつよなあ」

肉体的にも精神的にも衰弱した俊助なる元水夫に声をかけたとき、

「――旦那ア」

俊助はか細い声を返していた。あとすこしで品川宿だ。街道の往来人も増え、江戸の近くなったことが感じられ、

「ようやく着きましたねえ」

挟箱を担いでいる捕方が、ホッとした表情で言った。襲われる気配はこの三日間、感じられなかった。

その午《ひる》すこし前である。前方に鈴ケ森の茂みが見えてきた。野犬が喰いつかないように、高さ五尺（およそ一米半）ほどの台に架けられ、街道の竹矢来越しに見物人を集めたであろう十四人分の獄門首は、もうかたづけられていた。

「おっ、あれは？」

龍之助は目を凝らした。着ながしに黒羽織の同心姿が、

「おーい」

手をふりながら走ってくる。ちょうど、仕置き場の竹矢来のあたりからだった。背後に六尺棒を持った捕方が五、六人つづき、往来人たちが驚いたように道を開ける。

「えっ、佐々木さんではないか」

打ち込みの日、室町屋芝に入った同心だ。

「どうしました」

「いやあ、聞きましたぞ。南町の同輩にはなんとも痛ましい」

佐々木は立ちどまると、龍之助の肩を一行から離れたところへいざなうように押した。暫時、唐丸駕籠の駕籠尻も地につけられた。品川宿を目の前に、路傍での小休止だ。離れたところに龍之助と佐々木は向かい合った。走りながら同僚の無事をよろこび、いたわりの言葉も投げていたのが急に真剣な表情になり、

「一人残った身柄、ここで私が引き取る。行き先は、ほれ、そこの竹矢来」

「なんだって。詳しく話せ」

「話すさ。こたびも裁許は奉行所のお白洲ではなく、柳営の評定所だ。小田原藩の調べにより、道中に襲ったのは抜荷の一味と判明したそうな。残った者を江戸府内に入れては、また騒ぎが起こるやもしれず、よって府内に入れず、そのまま鈴ケ森で斬首・獄門にせよ、と」

「うっ」

龍之助は絶句した。あのとき小磯から発った早馬が物を言ったか、大久保家と松平家がつるんでの、口封じであろう。せめて今宵一夜、大番屋で風呂にも入れてやり……思い、幕閣たちの評定に怒りを覚えたところで、むだな徒手空拳に過ぎない。

そのあとすぐだった。

「みんな。ご苦労であった。護送役務、交替だ」

龍之助は捕方たちに下知した。

「おい、どうしたんだよう。冗談だろ！　おい」

担ぎ手も護衛も差配の者も代わり、街道から仕置き場への脇道に入る唐丸駕籠の中で、俊助は叫んだ。

路傍に見送り、一行が林の陰に見えなくなってから、

「あの俊助なあ……ここで斬首」

龍之助は話した。左源太が〝あんまりだあ〟と切歯扼腕し、一行に追いついていたお甲が〝せめて今夜〟と涙声になったのはこのときだ。

捕方たちも同様だった。

「俺たちへの配慮じゃなかったのかい」

「わしら、いったいなんのためここまで担いで来たんだい」

「これじゃ、飯岡さまも浮かばれねえぜ」

龍之助には耳の痛い声も出た。

「どうする、みんな。仕置き場、見ていくかい」

「そんなの、見られませんや」

「俊助とかぬかすあいつの声、また聞けってんですかい」

最後に言ったのは左源太だった。お甲も頷いていた。

一行は故意に竹矢来から目をそむけ、仕置き場の前を過ぎた。

「おっ、また首切りかい。中で人が動いているぜ」

往来人の言っているのが聞こえた。

品川宿で一風呂浴び、中食《ちゅうじき》を摂った。

食は進まなかった。俊助が首を打たれている時分である。土壇場でもがいているであろう姿が、誰の脳裡にも浮かんだ。

翌日、

「ご苦労さまでございました」

と、甲州屋右左次郎が八丁堀に龍之助を訪ねていた。

きのうは午後に北町奉行所で、

「――襲ったのは何者か知れず……」

道中の復命をし、きょう一日非番となり、昨夜から左源太とお甲も泊まっていた。

二人とも右左次郎との話に加わった。

「これは、手前どもからの役中頼みにございます」

商舗の小僧が縁側に降ろした風呂敷包みには、禁制の品ではないが本邦では珍しい唐墨《からすみ》に葛粉《くずこ》、干鮑《ほしあわび》などが入っていた。水飴もあったのにはお甲がよろこんだ。いずれも献残物として循環している定番の品である。

「あはは。お甲さんにはのちほど、化粧品などを届けましょう」

右左次郎は言い、お甲はさらによろこんだ。

部屋では四人とも真剣な表情になった。処断が室町屋本舗とその支店に大島屋、無頼の二ノ源だけでとまり、あとはすべて不問となったことで、甲州屋も助かった一人だったのだ。

右左次郎は言った。

「ご老中の松平さまも、みずからの傷口をお塞ぎになり、向後はお大名家でも幕閣の方々でも、心置きなく処断できましょうなあ。手前どもの大口のお得意先とはいえ、なんとも智恵のまわる、恐ろしいお人でございます」

膝の上においた右左次郎の両こぶしが、かすかに震えていた。

右左次郎は飯岡市兵衛殺害の真相は知らない。震えていたのは、松平定信や幕閣たちによる、思いもよらなかった迅速な処断に対してであった。

言うだけ言うと、

「鬼頭さまも、それに左源太さんもお甲さんも、お疲れでございましょうゆえ」

と、早々に引き揚げた。ここ数日の胸中の震えを、誰かに聞いてもらいたかったのかもしれない。それを話せるのは、鬼頭龍之助しかいない。ただ部屋を出るとき、

「なにもかも、ながれてしまいましたなあ」

呟《つぶや》くように言った。飯岡市兵衛の、小悪事の件だ。

「うむ」

龍之助は返し、左源太もお甲も無言で頷いていた。

南町奉行所が飯岡市兵衛の葬儀をあらためておこなうのは、あしたと聞いている。遺髪に遺骨、刀に十手などの遺品類は、きのうのうちに南町奉行所から飯岡家に届けられている。右左次郎もさっき、参列すると言っていた。もちろん、北町奉行所から
龍之助も焼香する。

「俺、兄イのためによろこんでいいのか、悲しんでいいのか分からねえぜ」

「あたしも」

「黙れ！」

言った左源太とお甲を、龍之助は叱責した。それは市兵衛の死に、内心ホッとしたものも感じたおのれ自身に対する叱責でもあった。

叱ったあと、龍之助は自戒するようにぽつりと言った。

「甲州屋ではないが、松平定信……なんとも恐ろしい男よなあ」

飯岡市兵衛の四十九日が過ぎたのは、霜月《しもつき》(十一月)のなかばだった。

由紀が遺品を持ち帰ってくれたお礼にと鬼頭家に顔を見せた。龍之助は御用の筋で帰りが遅くなった日で、ウメが応対した。

夜更けてから帰ってきた龍之助に、ウメは憤慨していた。遺品の礼だけではなく、年が明けてから南町奉行所の与力の次男坊が、婿養子として飯岡家に入るというのである。それも、ずっと前から決まっていたらしい。

「だったらあのお嬢さま、前にはなんで思わせぶりに旦那さまを訪ねて来ていたんじゃろねえ。気を揉んで、あたしゃ馬鹿みたいですよう」

ウメは一人で憤慨していたのだ。それもまた、早とちりだった自分自身を叱るものだったのかもしれない。

松平定信が長崎奉行に命じ、抜荷を厳禁するとともに、

「向後、抜荷を売買したる者は、幕臣、大名家といえど容赦なく厳罰に処す」

宣言したのはその年、天明八年（一七八八）極月《ごくげつ》（十二月）になってからだった。

身に覚えのある大名家や幕閣たちが、手証となるものをすべて隠滅するのに、それだけの時間がかかったのだろう。その日、北町奉行の初鹿野信興《はじかののぶおき》と南町奉行の山村良旺《たかあきら》も柳営に呼ばれ、

「向後、町場においても、断じて容赦することなかれ」

厳命した。

それは両町奉行所において、与力、同心らにも厳《おごそ》かに伝えられた。

「ははーっ」

うしろのほうの座で、龍之助も周囲とおなじように平伏しながら、

（ふふふ、松平の殿さんよう。俺は知っているぜ、おめえさんの身勝手で小心な本質をよう）

胸中に、人知れず呟《つぶや》いた。

（許せねえぜ）

とも……。

あとがき

時代小説を書いていると「一両って現在のお金でどのくらい？」とよく訊《き》かれる。さあ困った。こればかりは為替相場と違って明快に答えられない。江戸時代といっても二百五十年間と長く、それぞれに経済規模も物価も異なる。さらに現在とは社会背景が異なり、武士やお店《たな》の奉公人と現在のサラリーマンやＯＬの給料とを、金額だけでは較べられない。そのように話しても、誰も納得しない。そりゃあそうだろう。これでは説明になっていないのだから。しかし江戸時代の人々も現代のわれわれも、通貨で物を買い、外食をし、店賃《たなちん》（家賃）やローンを払ったりしているのだから、なにか比較する手掛かりはあるはずだ。

たとえば、本編第一話の「隠密同心」のなかに、八丁堀の朝の場面で、「三十俵二人扶持《ぶち》の同心屋敷は、そう広くはない」と書いた。これだけではおそらく読者には、それが同心の生活の場とはご解釈いただけても、具体的にはピンと来ないだろう。そこをなんとかご納得いただけるように、できる範囲で説明を試《こころ》みてみたい。

まず「同心屋敷は、そう広くはない」の箇所だが、ちなみに同心の拝領地は百坪で、与力は三百坪だった。そこに屋敷が建っているわけで、場所は現在の東京都銀座の近くの八丁堀だった。これでおよその屋敷の規模をご想像いただきたい。

次に「三十俵二人扶持」だが、これが難題だ。まず一俵は一石で、給金（年俸）を御蔵米取《おくらまいど》り、もしくは俵取《たわらど》りといって米でもらい、それを換金していたのが札差《ふださし》だった。与力は二百石で知行取《ちぎょうど》りといい、奉行所に一括して一万石の知行地が下総《しもうさ》と上総《かずさ》に与えられ、そこから一人頭二百石をもらっていた。

それでは現金に換算すればどのくらいかというと、これが米の相場で時代によって異なる。そこでいささか乱暴だが、一俵（一石）を二万八千円から三万円と計算してみよう。三十俵なら年俸八十四万円から九十万円となる。「二人扶持」とあるのは、家族手当てと思っていただきたい。これも米だが、一人扶持は年十五万円程度になった。つまり二人扶持三十万円を加算しても、百十四万円から百二十万円くらいにしかならない。与力の二百石では五百六十万円から六百万円ということになる。

このなかから奉公人の給金も出さねばならない。颯爽《さっそう》と町を闊歩していた同心の旦那が、これで生活ができたのかといえば、できた。屋敷のところで〝拝領地〟と言ったが、つまり土地も屋敷もすべて拝領で、いわば官舎でタダだったのだ。そのうえ本編で何度も〝役中頼み〟というのが出てくるが、そうした余禄がかなりあった。本編に登場する南町同心の飯岡市兵衛などは、一度に二十両もの〝役中頼み〟をもらっている。主人公の鬼頭龍之助がよくもらう〝役中頼み〟も、献残品の木箱の底に五両、十両と入っていたのだ。

では、一両は現在の金でどのくらいか。その前に、江戸時代の通貨単位に触れておきたい。江戸時代に巷間《こうかん》で最も流通していたのが寛永通宝で、これには二種類あって一文銭と少し大きめで裏に浪《なみ》の模様がある通称、浪銭《なみせん》といわれたもので、これは一枚四文で四文銭《しもんせん》ともいわれた。ちなみに長屋の子供の一日の小遣いが四文銭一枚くらいと想像でき、団子が四つ刺してある串団子が一本買えた。古典落語に〝時蕎麦《ときそば》〟というのがあるが、そこに出てくる屋台の蕎麦一杯が十六文で、一文銭なら十六枚、四文銭なら四枚となる。落語では一文銭十六枚で払い、一枚ずつ数えながら一文ごまかそうとするわけだが、わずか串団子の一個分程度をごまかすのに努力するところに、江戸庶民のほほえましさがあり、おもしろいところでもある。

それはさておき、通貨単位だが、二百五十文が一朱、四朱で一分、四分で一両と、計算がなかなか面倒だ。そこで一文を串団子の団子一つの値段で二十円と計算したなら、四文銭は八十円になり、一朱は五千円、一分は二万円、一両は八万円ということになる。団子一つがもうすこし高ければ、一両は十万円くらいとなろうか。飯岡市兵衛は松平屋敷からの〝役中頼み〟に二十両もらっているが、高麗人参の木箱の底に百八十万円から二百万円の金子が敷きつめられていたことになる。これは大きい。

岡っ引が商家へ見まわりなどに出れば、旦那や番頭がちょいと袖の下へおひねりを入れる。その包みに入っているのは一朱金か二朱金が一枚というのが相場だった。つまり、日常の袖の下は五千円から一万円ということになる。

また、お甲は割烹紅亭の仲居ということになっている。では、商家や武家の女中や料理屋の仲居などの給金はどのくらいだったか。年二両二分から三両くらいだった。つまり一両十万円で計算すれば、年俸二十五万円から三十万円ということになる。なんと少ないと思われるだろうが、当時の奉公人は住込みの衣食住つきで、季節ごとにお仕着《しき》せ（着物の支給）があり、実家の父や母が病気だといえばあるじが見舞金を出してくれたり、郷里に帰る旅費を用意してくれたりと、そうした人情話が江戸時代には珍しくなかった。それを思えば、この年俸でも充分生活できたわけである。

一方、左源太は長屋住まいの職人との設定だが、これは衣食住をすべて自分でまかなわなければならない。そうした長屋住まいで女房子供がある大工の一カ月の稼ぎ、つまり生活費は二両から二両二分くらいだった。これも一両十万円で計算すれば、月二十万円から二十五万円ということになる。ここでも親方からのお仕着せがあり、また人情話などもあって、これでけっこう粋《いき》に暮らしていたのだ。

もちろん一文が二十円で、一両が八万円から十万円というのは大雑把な計算であり、学術的根拠はない。ただ、およそこのくらいだったとご理解いただきたい。

さて頁数の大半が過ぎたところで本編の内容だが、時代背景は徹底して「質素倹約を令して驕奢《きようしや》を禁じ」た、息のつまる松平定信の時代である。そこでも庶民は逞《たくま》しく生き延びた。今回は抜荷《ぬけに》（密輸）を扱ったが、このあと時代はさらに隠し売女《ばいじよ》や湯屋での男女入込《いりこ》み（混浴）、女髪結《かみゆい》、女義太夫の禁止等々と進む。そこで〝田沼意次の隠し子〟で、北町奉行所の同心でもある鬼頭龍之助が、松平家から命を狙われながらも、どう生き如何《いか》に一矢報《むく》いようとするか、これからもご期待いただきたい。

平成二十四年　晩春

喜安　幸夫

口封《くちふう》じ　はぐれ同心《どうしん》　闇裁《やみさば》き7

著者　喜安幸夫《きやすゆきお》

発行所　株式会社　二見書房
東京都千代田区三崎町二―一八―一一
電話　〇三―三五一五―二三一一［営業］
〇三―三五一五―二三一三［編集］
振替　〇〇一七〇―四―二六三九

印刷　株式会社　堀内印刷所
製本　ナショナル製本協同組合

 ISBN978−4−576−12082−9
http://www.futami.co.jp/

時代小説
二見時代小説文庫

二見時代小説文庫

はぐれ同心 闇裁き 龍之助江戸草紙
喜安幸夫［著］

時の老中のおとし胤が北町奉行所の同心になった。女壺振りと島帰りを手下に型破りな手法と豪剣で、悪を裁く！ワルも一目置く人情同心が巨悪に挑む新シリーズ

隠れ刃 はぐれ同心 闇裁き2
喜安幸夫［著］

町人には許されぬ仇討ちに人情同心の龍之助が助っ人。敵の武士は松平定信の家臣、尋常の勝負はできない。〃闇の仇討ち〃の秘策とは？大好評シリーズ第2弾

因果の棺桶 はぐれ同心 闇裁き3
喜安幸夫［著］

死期の近い老母が打った一世一代の大芝居が思わぬ魔手を引き寄せた。天下の松平を向こうにまわし龍之助の剣と知略が冴える！大好評シリーズ第3弾

老中の迷走 はぐれ同心 闇裁き4
喜安幸夫［著］

百姓代の命がけの直訴を闇に葬ろうとする松平定信の黒い罠！龍之助が策した手助けの成否は？これぞ町方の心意気、天下の老中を相手に弱きを助けて大活躍！

斬り込み はぐれ同心 闇裁き5
喜安幸夫［著］

時の老中の家臣が水茶屋の妓に入れ揚げ、散財しているという。極秘に妓を〃始末〃するべく、老中一派は龍之助に探索を依頼する。武士の情けから龍之助がとった手段とは？

槍突き無宿 はぐれ同心 闇裁き6
喜安幸夫［著］

江戸の町では、槍突きと辻斬り事件が頻発していた。奇妙なことに物盗りの仕業ではない。町衆の合力を得て、謎を追う同心・鬼頭龍之助が知った哀しい真実！

一万石の賭け　将棋士お香 事件帖1
沖田正午［著］

水戸成圀は黄門様の曾孫。御俠《おきゃん》で伝法なお香と出会い退屈な隠居生活が大転換！　藩主同士の賭け将棋に巻き込まれて…。天才棋士お香は十八歳。水戸の隠居と大暴れ！

娘十八人衆　将棋士お香 事件帖2
沖田正午［著］

御俠なお香につけ文が。一方、指南先の息子の拐かしを知ったお香は弟子である黄門様の曾孫梅白に相談するが、今度はお香も拐かされ……シリーズ第2弾！

幼き真剣師　将棋士お香 事件帖3
沖田正午［著］

天才将棋士お香が町で出会った大人相手に真剣師顔負けの賭け将棋で稼ぐ幼い三兄弟。その突然の失踪に隠された、ある藩の悪行とは？　娘将棋士お香の大活躍！

公家武者 松平信平《のぶひら》　狐のちょうちん
佐々木裕一［著］

後に一万石の大名になった実在の人物・鷹司松平信平。紀州藩主の姫と婚礼したが貧乏旗本ゆえ共に暮せない。町に出ては秘剣で悪党退治。異色旗本の痛快な青春

姫のため息　公家武者 松平信平2
佐々木裕一［著］

江戸は今、二年前の由比正雪の乱の残党狩りで騒然。背後に紀州藩主頼宣追い落としの策謀が……。まだ見ぬ妻と、舅を護るべく公家武者の秘剣が唸る。

四谷の弁慶　公家武者 松平信平3
佐々木裕一［著］

千石取りになるまでは信平は妻の松姫とは共に暮せない。今はまだ百石取り。そんな折、四谷で旗本ばかりを狙い刀狩をする大男の噂が舞い込んできて……。